引言

當代文學批評不僅有著一般文學批評所具有的靈魂冒險，而且還有著嚴峻的時間冒險。當代文學批評面對一大批與我們同時代的作家作品，如何從中判別有長久價值的或過眼煙雲的？爲什麼選擇這幾位作家或這些作品作爲自己的研究對象？能夠確知這些作家作品經得起時間的考驗嗎？這都是任何一個嚴肅的當代文學研究者不得不思考的問題。短見、粗淺的廣告式書評作風，使許多所謂的「當代文學批評」只有「一次性消費」的作用。批評文字要獲得生命力，首先要求批評家具有歷史意識和審美能力相交融的品質。因爲與對象生活在同一時代，人事的因素、時間的局限，幾乎無法超越，但眞正的批評家恰恰要在這無法超越中超越，方顯出批評的純眞與智慧。當代文學批評一向爲學院派所指摘，主要的依據卽在於當代文學批評的對象缺乏經典性，情況常常是這樣的：批評對象的毫無價值，決定了批評本身的低俗。學院派的指摘不是沒有偏頗之處，但足以引起每一個當代文學研究者的注意。媚俗是當代文學批評中的大敵；權勢、金錢或流行風尙諸因素束縛了「批評家」的心靈。對於當代文學的批評家來說，沒有比超越的情操更爲可貴的了。超越人世的偏見，超越作家本身，超越時代本身，而以純粹的文學精神執著於文本本身，才可能得出純粹的判斷。實際上，眞正的當代文學批評遠較學院式的研究更具革命性的價値，與當代的作品一起，它們反映出這個時代最深邃的人文精神和美學本質。批評來自創作，而又反過來影響創作；任何一種創作思潮，總是隨著理論的自覺而趨於成熟。所以，批評不是裁判，不是以幾條莊嚴但枯燥無聊的教條去規範最豐富最生動的創造活動。批評是理解、是發現，批評就是一種創造。

作家們往往因批評家的知音式評論而欣喜萬分，對於批評家而言，也往往因作家恰好爲自己提供了一個可藉以進行理論發揮與創造的文本而激動不已。本書的批評對象之所以選擇洛夫先生，原因旣簡單而又複雜，那就是，他的詩歌爲本書的作者提供了這樣一個機會：可以對五四以來中國新詩的一些基本問題作一掃描式的回顧與探討；洛夫的詩歌具有這樣的承受力與包容性，是現代中國詩歌發展中的一個連結點。

劉登翰先生曾說：

> 在臺灣的現代詩運動中，洛夫是投入最自覺的一個。這種自覺，不僅在理論上，而且在創作實踐中。因此，在對於西方現代藝術的探險裏，洛夫不一定是走得最遠的一個（我們注意到

同時期比他更「荒誕」的商禽、管管、碧果等），但卻是能夠從中吸取最多有益藝術精髓的一個；同樣，在後來現代詩尋找自己的民族歸屬中，洛夫也不一定是省悟最早和最「中國化」的一個（我們更多注意到余光中），但卻是最善於以中國傳統的人文精神來溝通「現代」，從而將傳統再造的一個。❶

洛夫從一九五七年出版詩集《靈河》到一九九〇年出版詩集《天使的涅槃》，其間近四十年，共有九部不重複的詩集，還有六部詩選，四部詩論集。無論是詩風還是詩觀，都顯得既單純而又多變，反映出他個性的突出與探索詩歌藝術的執著。值得注意的是，他詩風、詩觀的變化折射出臺灣現代詩的發展軌迹，「從早期的純情甜美與親近中國三十年代詩人，到進入現代主義之後的走進西方現代主義，成爲『超現實主義』的服膺者與傳播者，而到七十年代之後的『回歸傳統、擁抱現代』立場之確認，以至於近期關於建立『大中國詩觀』的動議，其間的每一步調整、每一次變化，都頗有耐人尋味的契機。基本上可以說，在他身上濃縮著臺灣現代詩的歷史，具體地體現出臺灣現代詩發展的一種面貌和一個側面。」❷一九八六年，洛夫獲得吳三連文藝獎，當時的評審委員會給洛夫的評語精當地剖析了洛夫詩歌的前後詩風：

---

❶ 劉登翰《臺灣詩人論札·洛夫論》（載於《創世紀》第八十五、八十六期）。

❷ 陝曉民《洛夫論——臺灣現代詩史的一個側面》（打印稿，頁一、頁二）。

洛夫先生的詩風，早期銳意求新，意象鮮明而大膽，發展騰躍猛捷，主題不在靜態中展現，而在劇動中完成，如同詩人中的動力學家、重級拳手。

當時的洛夫先生，以前衛中堅分子自許，並運用超現實主義的技巧，為現代詩開拓一片新的領域。

自《魔歌》以後，風格逐漸轉變，由繁複趨於簡潔，由激動趨於靜觀，由晦澀趨於明朗，師承古典而落實現實之企圖顯然可見，成熟之藝術已臻虛實相生、動靜皆宜之境地。他的詩直探萬物之本質，窮究生命之意義，且對中國文字錘鍊有功。

上面引述的這些看法，代表了人們對於洛夫詩作演變的普遍認知，其中有些說法似乎並不那麼嚴密，但至少反映出：洛夫的詩風不斷地變化著，並且在每一個階段他均有紮實的成績。事實上，洛夫的探索到寫作本文為止，仍在繼續著：一九九一年六月他創作了一首奇特的詩〈我在腹內餵養一隻毒蠱〉，這標誌著他又開始在實驗「一種新的詩體」。一九九一年十月又同時發表了四首，總題為「隱題」，在後記中洛夫說：「後現代主義之後，詩還能玩出什麼花樣來？這四首詩便是我思考的結果：一種新形式的實驗。標題本身是一首詩，而每個字都隱藏在詩內，故謂之『隱題詩』，若非細心的讀者，很難發現其中的玄機。你不妨把它視為一種設計的工程，但絕對是詩的。」❸確實，這些詩並不是靠奇巧才吸引我們的，而吸引我們的是詩本身顯現的魅力。這應當是洛夫著意追尋「禪境」以後的又一次創作高潮，既不同於《石室之死亡》的驚心動魄，也不同《魔歌》以後的平淡圓融；這幾首詩充滿激情，有著洛夫一貫的「豪壯」，但這幾首詩又充滿思辨，充滿著智者的犀利與透徹。且看幾首詩的題目：「我什麼也沒有說詩早就在那裏／我只不過把語字排成欲飛的蝶」、「危崖上蹲有一隻獨與天地精神往來的鷹」、「做與不做，明天的太陽／和老人斑照樣爬上額頭」，眞正是獨立的詩；本身卽是一個意境與詩想。這幾首詩中均有警句式的詩句，如：

飛，有時是超越的必要手段，入土之後你將見到
蝶羣從千塚中翩躚而出

老是這一套
人人這一套
斑駁的碑石上刻的還是這一套

---

❸《創世紀》第八十五、八十六期，頁九。

照片在牆上，月光在井底
樣樣叫人記起樣樣叫人遺忘

透過洛夫稠密的文字，我們感到的，不僅僅是詩人沉鬱、無奈、莊嚴的生命意識，更是詩人與語言之間的對抗與掙扎，是詩人對於存在眞實與語言，眞實追尋的悲壯情懷：

我什麼也不想完成
只覺得靈魂比胰子沫稍重一些
不可否認，我們的言語乃
過河之後仍留在對岸任其暴露的一截白骨把玩再三，終於發現
語調不如琴聲，琴聲不如深山一盞燈的沉默

總的來說，這些隱題詩顯示了作者駕馭語言的功底，要使每個句子的頭一字連起來是一句話，而又不失詩質，其中的艱巨是不難想像的，而更重要的是，這些詩在風格上又一次發生變化，使洛夫進入一個新的創作高潮。我們不禁想起任洪淵先生意味深長的一段話：

但是我期待的，是他還能够在六十歲的時候再開始第二次二十歲的反叛。一個一生有好幾次二十歲的人是最幸運的。當代中國是太需要九十歲的歌德了：九十歲開始的又一屆青春，九十歲仍然不能平靜的浮士德精神與靡非斯特精神，信仰與懷疑、創造與破壞、青春與衰老永遠衝突的精神。雖然，洛夫五十歲改寫三十歲寫的《石室之死亡》的願望沒有實現，但是，六十歲應該開始他的《浮士德》了。（真可惜，我仍然不得不提中國現代文學的「外國第二」，從誰開始世界現代文學的「中國第一」？）我終於在他一九八七年的〈湖南大雪〉和一九八八年的〈是耶非耶〉中聽到了寧靜下的喧囂。這將是一次比早潮更加激越澎湃的晚潮？我聽到了它的序曲和前奏？❹

儘管現在我們還很難得出什麼結論性的判斷，但有一點是可以確認的：作爲一個詩人，洛夫生命力的旺盛、豐沛在現代中國是極其罕見的。

關於洛夫個性的突出，多半體現在奇崛、沉鬱諸特點上，以至於被稱爲「異數」、「詩魔」等等。無論前期後期，洛夫的詩都表現出對哲理思辨的熱衷，他可能是臺灣詩壇上最具哲學意識的一位詩人，他的詩是詩化了的哲學沉思。他曾說：「對我而言，詩人的使命就是透過詩來解除

❹ 任洪淵〈洛夫的詩與現代創世紀的悲劇〉（《詩魔之歌》附錄一）。

生命的悲苦，這種詩是知性的、是批評的。詩絕不像一束花一樣使人愉快和感動而已，更重要的是使人對生命有所感悟。」❺洛夫是這樣說，也是這樣做的。對於洛夫的詩，爭議很多，但不管哪一方，大概都會承認他「意象語之豐富、奇特與魄力」。詩人的悲哀，不在於遭受批評，而在於被遺忘。

詩人與時間相抗衡，仰仗的不是名譽、地位，而是他創造的文本，詩人的永恒只能借助文本而獲得。因此，我們只有走進洛夫所創造的文本之中，我們才能眞正體會到作爲一個詩人的洛夫到底意味著什麼。

最後，需要加以說明的是，本書中的「現代中國詩歌」或「中國現代詩歌」泛指五四以來的中國新詩。

❺ 洛夫《時間之傷・自序》。

第一章　洛夫詩歌的語言

I

洛夫曾說：「語言既是詩人的敵人，也是詩人憑藉的武器，因爲詩人最大的企圖是要將語言降服，而使其化爲一切事物和人類經驗的本身。」❶確實，語言是詩人必須依賴的，因爲離開了語言，詩就不存在；而同時，語言又是詩人必須反抗與超越的，因爲正是語言，限制與扼殺了我們生命深處最隱秘、最原始的豐富與玄奧，詩人必須通過對語言的駕馭，重新激活那失去的一切，重新塑造一個詩意的世界，一個充滿生命力的世界；總之，是要喚起人們對於生命本源

❶洛夫〈我的詩觀與詩法〉，載《洛夫詩論選集》。

的、創造性的體驗。所以，甚至可以說，詩人憑藉語言所要達到的，正是語言以外的，或者說，語言無法表達的那一切。詩人選擇詞彙、按排句子、創造旋律，最終的目的是要向讀者提供一種「提示」，引導他們去體驗某種無法言說的經驗。儘管每一個詩人運用語言的技巧、風格各有差異，但目的卻是一樣的，正如喬叟（Chaucer）所說：「不同的道路引導人們向著羅馬城走去。」

當我們談論詩歌時，不僅要問詩人向我們提供了什麼，更要探究詩人是如何表現這些東西的。只有抓住了「如何表現」這一點，我們才有可能明瞭一個詩人獨特的思維方式及抒情風格。語言不僅僅是語言，海德格爾說：語言是存在的屋宇，也就是說語言是存有、是生命、是意識。

從表面上看，中國新詩的誕生是從語言革命開始的，五四時期胡適曾反覆強調，文學革命的運動，不論古今中外，大概都是從「文的形式」這方面下手，大概都是先要語言文字文體等方面的大解放❷。可見，胡適對於語言問題是相當重視的，但是，胡適將語言視作是與內容相對立的形式之一，他的「語言革命」之內涵僅僅在於：用白話代替文言，用白話作爲寫詩的語言；並且他將「明白易懂」作爲詩美的最高標準。胡適並沒有解決，或許他根本沒有意識到，用白話代替文言以後，如何使白話成爲富有詩意的語言，也就是說，如何使「白話詩」成爲一種詩，而不是

---

❷ 胡適〈談新詩〉，載《中國新文學大系・建設理論集》。

用白話寫成的分行的句子。白話之引入詩歌創作，乃中國文學史之一大根本性的變革，自有其不可磨滅的歷史價值和意義，但是，這一語言的替換，也使古典詩歌的許多長處（如長期形成的那套「詩意語彙」，以及可以超越語法的界規而達到極富暗示性的表現力等）隨之消失。所以，白話詩的誕生，一方面是語言的大解放、文體的大解放，爲詩歌表現力的拓展提供了更爲廣闊的可能性；而另一方面，也是一種挑戰、一種危機，需要詩人們在與傳統的美學風範切斷後去尋找一套新的詩意語彙、一套新的組織語言的方式。總之，必須使白話成爲詩意的東西，而不能像胡適認爲的那樣，你想說什麼，就說什麼，你想怎麼說，就怎麼說（五四時期，這是一種相當流行的文學觀點）。詩畢竟是一種藝術，是一種語言的藝術。較早具有「語言意識」的詩人是聞一多，他認識到了早期白話詩的弊端，提出詩應具備音樂的美（音節）、繪畫的美（詞藻）、建築的美（節的勻稱和句的均齊），詩人應該「戴著鐐銬跳舞」，有一定的規範與限制❸。這種見解即使在今天看來，仍有相當積極的意義。除他以外，徐志摩、戴望舒、卞之琳、何其芳、馮至、艾青及四十年代的「九葉」詩人等，均在創作實踐和理論上，表現出高度的語言意識，並刻求一種至高的詩意境界。他們採取各具個性的語言策略，爲現代中國新詩建立了一套詩意語言體系，初步形成了新詩自己的語言傳統。

❸ 聞一多〈詩的格律〉，載一九二六年五月十三日，《晨報副刊・詩鐫》七號。

語言既然與人的思維活動緊密相聯，那麼每一個詩人的語言策略，都是他把握世界方式的反映，都是他內在精神的外顯。探尋一個詩人的語言世界，其實也就是探尋他的心靈軌迹，同時，也是探尋他之所以爲他的東西。

Ⅱ

一個詩人選擇什麼樣的名詞，顯現著他被何種事物所吸引、所感動，從而可以追尋出他的心境、思想、情感是與何種事物融合一致。

有些名詞彷彿生來就有「詩意」，原因不外有二，一是該名詞指代的事物、或性質等天然地具有審美上的感應，如月亮、梅花、大海、高山等等，這些事物的物理屬性總是能夠引起人類產生某種美好的、或激動的情緒與聯想；二是該名詞由於長期在詩歌中被運用，而成爲傳統語碼，比如中國古典詩歌中的「蛾眉」、「扁舟」等，總能喚起人們一種傳統上的聯想。另外有一些專有名詞如人名、地名，往往由於包涵著許多歷史的煙雲、人文的背景，也很容易成爲詩意名詞，比如「江南」，原本不過一個地名，但因爲此地千百年來湧現過無數的文人騷客、歷史傳奇，留下了無數的古蹟名勝，也因爲此地的風景曾進入無數詩人的詩篇中，所以，這一個詞彙彷彿成了中國傳統文化某一方面的象徵，屢屢出現在古代的及現代的中國詩歌中。

詩人選擇名詞時，一般而言，總是認爲該名詞所指代的事物能引起某種詩意的聯想，但因對詩意聯想的理解不同，每個詩人的取捨也就很不一樣。有一些詩人選擇的是與一般人心理習慣相符合或大致相符合的名詞，也就是剛才提到的所謂「生來就有詩意」的名詞，並且在每一首詩中，所選擇的名詞，在引起的聯想或情感之性質上有相近之處，以造成詩的集中、單純、明淨。徐志摩的詩可以作爲這種類型的典範。而另有一些詩人走的是一條險峻的路，他們引進了許多彷佛生來就不具有詩意的名詞，並且，總喜歡將那些彷佛是互不關聯的名詞結合在一起，與一般人的心理習慣、審美習慣，都有很大的反差，需要讀者認眞思索，才能體味到其中的意蘊。聞一多是較早走這一條路的，不過，走得並不太遠；後來的卞之琳在這一條路上有較大的發展，但仍相當節制，因爲他實際上追求的是某一種「古意」或「禪趣」。洛夫《石室之死亡》這一傑出的長詩，卻將這一條路發展到了極致。《石室之死亡》中所運用的名詞，不僅繁複、紛雜，而且相互之間都缺乏明顯的關聯，還有一些生活用語、抽象名詞，甚至粗俗的名詞，在傳統的意義上，都是絕對「非詩」的。所以，一般的讀者初讀《石室之死亡》，都會眩目於一大堆光怪陸離的名詞面前，而不知所措，比如：「墓塚、靈魂、臉、子宮、巨石、骨頭、陽光、紫苑、習俗、情欲」，這一串名詞，其中「子宮」、「骨頭」、「習俗」、「情欲」之引入詩中，顯然是一種冒險；而且，這些抽象名詞與物質名詞之間似乎並無明顯的關聯，卽使是抽象名詞之間或物質名詞之間，無論性質、狀貌，還是內涵、概念，都相差甚遠；讀者必須經過認眞的思索，才能發掘出它們之間某些隱蔽的關聯。《石室之死亡》後，洛夫的詩相對而言趨於明朗，尤其是因爲熱衷於短詩的製作或追求禪的思維方式，因而在一首詩中，名詞的出現不會像《石室之死亡》那樣紛至沓來。但是，大膽地採用傳統上的非詩意詞彙，或對傳統的詩意名詞進行改造或扭曲，以及關聯上的奇崛，仍是他一貫的特徵。

而另一方面，無論面對怎樣的「反傳統」的「革命性」詩人，我們似乎都應記住艾略特（T. S. Eliot）的觀點：任何詩人都是不可避免地與傳統保持著承接關係。對於洛夫，也應作如是觀。實際上，如果我們細續洛夫的詩，就會發現，他的詩中存在著一些反覆出現的名詞，對一個詩人而言，反覆使用的詞彙總是最清楚地顯示出他的個性、他的取捨特點。而洛夫詩中這些反覆出現的名詞，實際上並不怎麼古怪，要是仔細分析，它們與傳統仍有著千絲萬縷的聯繫，或者說，它們是擁有產生「詩意」的根據的，只是洛夫那種「駭人」的詞彙組合方式（這一點我們將在第四節詳論），才使它們有時顯得「不可思議」。但從語言學的角度而言，任何詞彙，不管它怎樣被組合、被扭曲，從產生許多意想不到的喻義性聯想或暗示，歸根結底，這些喻義性聯想、暗示最基本的出發點仍要落在該詞最原始的本義或一般的傳統性喻義上；幾乎不可能產生那種完全脫離詞彙本義的想像，尤其是名詞，一旦給定，它總是要限制、規定、引導讀者的聯想，也就是說，我們總是要從該名詞的本義及我們所熟知的傳統性喻義上（而這也是要從本義上引伸而來的）開始我們的再創造。所以，分析一位詩人經常性使用的那些名詞，對於該詩人作品的理解，會起相當的引導作用。

在洛夫的作品中，凡與人的身體有關的名詞，佔了很大的比例，如「骨骼」、「眼睛」、「血」、「血管」、「頭顱」、「手掌」等，從前期到後期，屢屢出現：

我以目光掃過那座石壁
上面即鑿成兩道血槽
（《石室之死亡》第1首）

我把頭顱擠在一堆長長的姓氏中
墓石如此謙遜以冷冷的手握我
（《石室之死亡》第12首）

譬如說：槍聲響起之前
你可曾聽見血管中的呼嘯？
你們愛火，且在火中孵卵
你們以撫砲的手撫自己的頭顱
（《不歸橋——漢城詩抄之十二》）

與人體有關的名詞，大抵帶有科學性，是近世才出現在中國的書面語中，如「血管」、「頭顱」、「骨骼」。在中國現代詩人中，幾乎沒有一個人像洛夫那樣如此大量地運用人體名詞，並且喜歡讓無生命的事物生長出人體上的某種器官，來達到「擬人化」的效果。對於人的身體之敏感，洋溢在洛夫的詩歌中，這應與洛夫的戰爭經驗有關。在《石室之死亡》中，洛夫確然向我們呈現了一具殘缺不全、掙扎著的「人」之形象。因此，洛夫詩中的人體名詞，自然不單單表示某一器官，而是帶著喻義的。總的來看，這些名詞的喻義性質是沿著兩個方向延伸的，一是生命的被毀滅、被摧毀，或者可以更廣泛地說，美好的事物被破壞；二是對於生命的渴望，對生活權利的渴望。例如，「一顆顆頭顱從沙包上走了下來」（〈沙包刑場〉），這些頭顱當然不完全是實際上的頭顱，因爲被殺以後的頭顱只能有短暫的滾動，而不可能走動，從它們能走動這一駭人之舉，我們可體會到這裏的「頭顱」蘊含著某種悲憤與渴望的情緒色彩。在這些人體名詞中，有關「血」的詞彙用得最爲頻繁。「血」字的本義，只不過是我們身體內一種紅色的液體，它之作爲詩歌語，是從它的顏色、它的功能引伸而來，因爲⑴血在人體中是維繫人的生命的，⑵血液的上升是情緒激動的生理標誌，⑶它是鮮紅的。這三種物理屬性皆富於刺激性，「血」這個詞彙總是有點讓人觸目驚心。在現代中國詩歌中，有關血的詞彙，出現得相當少，只是被個別詩人偶一用之，如：

那田畦裏碧葱葱的豆苗，

你信不信全是用鮮血澆

（徐志摩《人變獸・戰歌之二》）

苦難已成為記憶
在它溫熱的胸膛裏
重新漩流著的
將是戰鬥者的血液

（艾青〈復活的土地〉）

在一般詩歌中，「血」這個詞都是被賦予某種珍貴的、眞摯的、昂揚的、激越的性質，都是借「血」這個具體可感的詞，來暗示更寬泛更抽象的東西，比如生命，比如高昂的情緒，比如全身心的投入（如一些愛情詩）等。在洛夫的詩歌中，有關「血」的詞彙之多，幾乎可自成一個譜系，從《靈河》中的星星點點的「血迹」到《石室之死亡》中的條條「血槽」，再到後期的「大地之血」、「血的再版」等等，確令我們想到他的〈談詩〉中的詩句：

如果你們再問
到底詩是何物？
我突然感到一陣寒顫

居然有人
把我嘔出的血
說成了桃花

說洛夫的詩，每一行都有「血絲」，似乎誇張，但確實，他的詩總是帶點血的鞭痕。而且，洛夫詩中的「血」，是生命因死亡、戰爭、傷殘與遭踩躪的血，是從傷口湧出的血，是從心中咯出的血，那是一種殘酷、一種顫慄、一種苦難。很顯然，洛夫詩中的「血」及有關詞彙，與我們一般在現代詩歌中所見的「血」，喻義上有些差異。洛夫根據的是，在實際生活中「血」的出現總是與某種傷害有關這一事實。他在一首詩中曾說自己的母親「是歷史中的一滴血」，而他自己則是「血的再版」。這一滴血，映射著個人及民族的苦難，同時，也體現著一種不屈、一種抗議、一種求生的意志。

另一類常常出現的名詞是與「光」有關的，像「火」、「太陽」、「月亮」等，這些詞彙在現代詩歌傳統中，有些甚至在古典詩歌傳統中，都是比較常用的詩意化名詞。尤其是「月亮」（「月光」、「明月」），更是中國古典詩歌貢獻給中國人的一個不朽詞彙，它所指代的已經遠遠不是天上的那一輪以石頭為主要成份的行星，從「可憐樓上月徘徊，應照離人妝鏡臺」（張若虛〈春江花月夜〉）到「明月幾時有，把酒問青天」（蘇軾〈水調歌頭〉），它涵蓋了中國人對於生生死死、對於世事無常、對於聚散離合的體驗與感懷。現代中國詩人往往借助這些詞彙，創造一種懷古之幽思，或一種悠遠的蒼茫之感，如卞之琳的「明月裝飾了你的窗，你裝飾了別人的夢」。還有一些詩人將月亮比作羞怯的少女，作爲純潔的象徵，則似乎是這一詞在現代的又一引伸。洛夫詩中有關「月」的詞彙，乃屬於前一種情況，即企圖渲染某種禪境，帶著濃郁的古典情懷。但有一些卻相當特殊，它們所有的喻義與傳統的有著差異，它們突出的似乎是月亮本身的無言、沉默，由這種沉默、無言而想像成冷酷、想像成荒謬，於是「月」在洛夫一些詩句中，成爲一種荒誕的姿態，成爲某種神秘（帶點不可思議，甚至恐怖）的徵象，如：

晚上，月光唯一的操作是
射精
（〈巨石之變〉）

月亮總是無聲，總是不痛不癢地
撫著他的額
（〈歲末無雪〉）

日曆上，疲憊的手指在劃著一條向南的路，及到天黑始告停頓

月出無聲
酒杯在桌上，枕頭在懷中
床前月光的溫度驟然下降
疑是地上——
低頭拾起一把雪亮的刀子
割斷
明日喉管的
刀子
月亮橫過
水田閃光
在苜蓿的香氣中我繼續醒著

（〈月亮·一把雪白的刀子〉）

它孤零零、無聲無息地看著我們，看著大地，我們卻無法明瞭它的意義，它是我們存在中的某種不可知。總之，當洛夫運用「月」這些詞彙時，他所要傳達的是一種「冷意」或「寒意」。

「太陽」、「陽光」是那些具有浪漫、樂觀情調的詩人所喜愛的詞彙，早期的郭沫若在他那本《女神》中，「太陽」乃是與黑暗相對立的生命力的象徵。洛夫詩中的「陽光」、「太陽」在喻義上與一般性的理解相去不遠，只是他不像一般詩人，將「太陽」、「陽光」處理成某種崇高的、至高無上的、燦爛的東西，他將「太陽」、「陽光」經常地擬人化，並使它們具有極強烈的動感，如「太陽俯首向你」、「太陽的回聲」、「設使樹的側影被陽光所劈開」等。這樣，被引向「神性」的聯想完全消失，而代之以「人性」的暗示，具有了人的局促、不安、殘忍等性質，從而使這兩個詞彙的樂觀色彩或壯美色彩幾近完全褪落。

「火」、「火光」、「火焰」這些詞彙，在現代中國詩歌中可以說比比皆是，正與「血」之類的詞彙的罕見相對照。郭沫若二十年代初的那首長篇巨作《鳳凰涅槃》，賦予了「火」以再生的喻義；用火燃燒自己，以創造新我。這與古詩中「野火燒不盡，春風吹又生」中將「火」喻爲負面的事物正好相反。在二十、三十、四十年代的中國詩歌中，「火」這個詞彙總是暗示著：革命的進步的力量、激昂的情緒、溫暖的感情等等。這些都是由火的顏色、熱度所引發的。洛夫運用「火」、「火焰」這些詞彙，卻側重於火的效果所引起的聯想，即：火可以焚燒一切，因而火是一種毀滅性的力量。大概正是因爲洛夫注重「火」的毀滅性效果，所以，相應的，他也很愛使用「灰」、「灰燼」這些詞彙，如那句絕妙的「那裏坐著一個抱頭的男子／看烟蒂成灰」。總之，在洛夫的作品中，有關「火」的詞彙所具有的喻義，都是從火能夠燒掉事物這個物理現象而來，因此這些詞彙總是讓我們想起一種過程，在這種過程中，世界上的某些東西不得不被摧毀，或不得不自行滅亡。

除此以外，洛夫詩中用得較多的是「雪」、「樹」、「泡沫」、「雲」、「煙」這些名詞，尤其是後期，這些名詞出現得相當頻繁：

白不等於投降，亦如雪
亦如你雪一樣的存在
白不等於一無所有
我們踏雪而來

（〈雪祭韓龍雲〉）

為了此身確曾雲過、雨過、滄海過。
歷經千百次月出月落
不惜隨巨浪騰空而起
合身向一塊巨石撞去
撞成一堆最後的
最最璀璨的泡沫

（〈泡沫之歌〉）

唐代劉長卿有詩云：「日暮蒼山遠，天寒白屋貧。柴門聞犬吠，風雪夜歸人。」（〈逢雪宿芙蓉山主人〉）柳宗元有詩：「千山鳥飛絕，萬徑人蹤滅。孤舟蓑笠翁，獨釣寒江雪。」（〈江雪〉）都是用雪的形象烘托悠遠、蒼茫的孤寂氣氛，他們著重描寫的，乃是雪景所含有的特殊情調：一片潔白，萬籟無聲。多少寓有賈寶玉出家時那種「白茫茫一片大地落得眞乾淨」的意義。在洛夫的詩中，「雪」是經常出現的名詞，其頻率幾乎要比「血」還高。洛夫著重的是「雪」這種東西的本身，而不完全是「雪」所構成的景。雪的顏色是潔白的，雪是冰冷的，雪是要融化的，因爲潔白，洛夫賦予它以一種「永恒的空無」，因爲冰冷，洛夫借它抒發悲哀，因爲消融，洛夫將其視作無常的象徵。

「樹」的喻義顯然是從辛棄疾的詩：「可惜流年，憂愁風雨。樹猶如此。」中而來，因樹的成長，而感悟到人的生命之消逝，時間的風霜之凜冽。至於「泡沫」、「煙」、「雲」這些詞，洛夫的感悟是從這些詞所指代的事物在短時間內會消失這一特點而來。「泡沫」在其他詩歌作品中相當少見，洛夫卻大量地運用這一名詞，使其成爲某種詩意的東西。「雲」、「煙」無論在古典詩歌還是在現代詩歌中，都算得上是傳統性的詩意名詞，除了消逝感之外，它們的外形也容易使人產生飄忽、淡淡之類的聯想。

總的來看，我們發現，洛夫在名詞的取捨上有這樣的傾向：喜歡選取那些能夠引起人們聯想到生命的存在與消失的名詞，而這種生命的存在總是帶著幾分傷殘，生命的消失總是那麼雲淡風輕。

III

在許多新詩中，尤其是具有浪漫情調的新詩中，修飾語，或者說詩學定語，往往佔有舉足輕重的地位，可以說，這些詩歌的「詩意」，實際上來自名詞與修飾語的搭配。修飾語的目的是要引起人們對特徵的注意，或表達說話人對該事物的感情。相當多的詩人是靠形容詞作爲修飾語來表現他們的情感，尤其是在二、三十年代，有一些詩幾乎是形容詞的堆積。採用形容詞作爲修飾語，其功效在於能夠直接地煽動起讀者的情緒，能直接地感染讀者，但過多地運用形容詞，易使詩流於濫調或濫情。

洛夫的詩歌中，名詞前很少用修飾語，即使用了修飾語，也很少用形容詞，而是喜用動作性的詞組作爲修飾語，如：

夏日撞進臥室觸到鏡內的一聲驚呼
你即將暗色塗在那個男子揮塵的手勢上
（《石室之死亡》第33首）

你想以另一種睡姿去抗拒
女人解開髮辮時所造成的風暴

（《石室之死亡》第41首）

那年，我在此向你告別
風中舉起的手
如一截斷藕
……
一串步步成灰的歲月
倥傯、倥傯、倥傯

（〈再別衡陽車站〉）

這實際上促成了洛夫詩歌那種「不確定性」或「宇宙性」特點，因爲形容詞的少用，或用某種動作來作修飾語，都會使情感指向不那麼確切，所以，喚起的聯想更爲廣濶更爲無限。洛夫不是那種滿足於表達個人情感的詩人，他執著的，乃是生命存在的奧義，是整體的生命體驗。他運用修飾語的節制與謹愼，正顯示了他試圖盡可能地發揮語詞的張力，達到「以有限暗示無限」的境界。

與此相關，人稱代詞的運用也是向著盡可能地發揮語詞的張力，以達到「有限暗示無限」的目標努力的。在散文中，人稱代詞也許並不佔什麼重要的地位，但在詩歌中，人稱代詞就顯得相當重要，因爲我們可以從人稱代詞的使用方法上，看出詩人對於所表現的情感或事物的態度，或者，可以看出詩人與他所表現的東西之間的心理距離。一般而言，現代詩歌往往用「我」作爲抒情主人公，詩中的意象是隨著「我」的情緒之流動而鋪展開來的，所有的意象都被統攝於「我」的視野之中，而且這個「我」總是處於某一種情緒的感動之下，比如：

我是一條天狗呀！
我把月來吞了
我把日來吞了
我把一切的星球吞了

（郭沫若〈天狗〉）

假如我是一朶雪花
翩翩的在半空裏瀟灑
我一定認清我的方向——
飛颺，飛颺，飛颺，——
這地面上有我的方向。

（徐志摩〈雪花的快樂〉）

這些詩人都具有強烈的自我表達慾，他們喜歡將某種強烈的主觀情感投射於外物之上（迅速而直接），於是，用第一人稱的判斷句是最好的辦法，「我是」以及由此而引伸出來的「我像」、「我如」等句式，直到今天，仍然是那些自我表達慾極強的詩人們所愛用的，無論是「是」，或「像」或「如」，目的都是要消除或縮短主位與表位之間的距離，將主位與表位視作同一的東西。另外，第二人稱的「你」也比較常見（在現代詩歌中），但一般都是詩人的愛慕對象，如徐志摩的〈偶然〉、馮至的〈我是一條小河〉、余光中的〈等你，在造虹的雨中〉等，詩中的「我」、「你」含義是相當確定的，卽是戀愛中的雙方。對於人稱代詞的運用首先進行革命性嘗試的，乃是卞之琳，他的詩，一是常常用「你」而不用「我」，二是他詩中的「我」、「你」可以互代，是茫茫宇宙中的某一個，如他的一首愛情詩〈無題〉：

三日前山中的一道小水，
掠過一絲笑影而過去的，
今朝你重見了，揉揉眼睛看
屋前屋後好一片春潮。
百轉千回都不跟你講

水有愁，水自哀，水願意載你。
你的船呢？船呢？下樓去！
南村外一夜裏開齊了杏花。

將這首詩與上述徐志摩等人的幾首愛情詩相比，我們能見出卞之琳的獨特之處。卞之琳採用「你」，似乎並不是爲了向她傾訴感情，而是要讀者感到詩人只是一個旁觀者，在描述某一個故事、某一種情意，這種「冷漠」，實則正是中國古典詩的「意境」所能造成的效果。再如他的那一首〈斷章〉：

你站在橋上看風景
看風景人在樓上看你
明月裝飾了你的窗子
你裝飾了別人的夢

這一個「你」實在是宇宙中的任何一個，作者自己的「我」完全消融於其中，而達臻一種超越時空的空曠。讀這樣的詩，僅有感受還不夠，還需要智慧。卞之琳打破人稱代詞之間的界線，不是在玩弄文字遊戲，而是試圖將那種個人性的情緒昇華爲宇宙性的情景，達到一種最本原的生命體驗。現代醫學研究發現，兒童最難學會的是人稱代詞，失語症病人最先失去的是人稱代詞的區分。這說明在混沌的思維狀態或原始的生命狀態下，不存在人稱代詞的界線。這似乎可以爲卞之琳、洛夫等人在人稱代詞上的探索提供某些生理學上的啓示。洛夫對於人稱代詞的使用，與卞之琳的努力是一脈相承的，並且有很大的發展，他自己曾有過較完整的解釋：首先，譬如人稱問題：在《石室之死亡》集中，這點最容易使讀者失去對語意的掌握。在散文中，你我他三者都有明確的界定，稍有混淆勢必影響行文的流暢，致使含義不明。但詩的含義本質上是象徵的，或暗示的，以此喻彼，是正常的手法。詩中的「你」，不一定就是通用於散文中的第二人稱，「他」，不一定就是第三人稱。像《石室之死亡》這樣的詩，它是知性的，也是內省的，故其中的「你」或「他」有時可能就是指我自己。這點，當我們面對鏡子的時候就能理解。鏡外的我是自然或現實中的主體，但相對鏡外的我而言，鏡內的我往往會轉移爲「你」，而成爲被審視與詰問的對象，或轉移爲「他」，而成爲被漠視、與我毫不相干的對象。我在某些詩中處理人稱時，經常運用到這種轉移手法，其效果雖增加了詩的複雜性，卻也加強了詩多層次的含義。在《石室之死亡》中，情形略有不同，正如前面所說的，其中的「你」，大多乃指寓於各種事物中的神❹。如果說，卞之琳採取的策略還只是用「你」代替「我」（以造成距離感），或「你」、「我」、「他」可以互代（以造成空曠感），那麼，洛夫的策略則更爲複雜，《石室之死亡》中，有時在一首詩中就同時出現「他們」、「我」、「你」三種人稱代詞，各自寓含的意義都需要反覆推敲、領會。後期洛夫詩中的「我」、「你」也很少像一般的詩歌中，指的是戀愛之雙方，而是可以互換的某一個；洛夫愛用「他」來代表自己，其距離感似乎比「你」更遠，也似乎更具眞實感。另外，在有一些詩中，洛夫有意將人稱代詞完全隱去，如：

把一大疊詩稿拿去燒掉
然後在灰燼中
畫一株白楊
推窗
山那邊傳來一陣伐木的聲音

無論是隱去人稱代詞，還是消除人稱代詞的界線，或用「你」、「他」來代替「我」，目的都是

❹ 洛夫〈關於石室之死亡〉，載《洛夫〈石室之死亡〉及相關重要評論》（漢光版，一九八八年）。

要極力超越個人的情感經驗，而用一種普遍的超時空的情感基型去融滙、化解自己的情感經驗。

在一般的詩歌中，詩意的構成往往來自於名詞與形容詞或修飾語，而在洛夫的作品中，詩意的構成卻主要在於動詞與名詞。動詞在洛夫的詩中佔有相當重要的地位，任洪淵曾精闢地指出：「洛夫以動的衝突打破靜的和諧，從而改變了『天人合一』的內涵。」❺確實，無論在前期還是在後期，洛夫的詩都飛揚著一種動感，這種動感不是輕曼的，而是刻骨銘心、揪人心肺的。從洛夫所喜愛使用的動詞中，我們能見出這一特點，試舉幾組洛夫詩中經常出現的動詞如下：

㈠刻、釘：

我把春天的一隻脚
　釘在牆上　　（〈蝶〉）

他的名字被人刻成
　一陣風　　（〈湯姆之歌〉）

---

❺ 任洪淵〈洛夫的詩與現代創世紀的悲劇〉，載《詩魔的蛻變》（詩之華版，一九九一年）。

㈡劈開、咬開、迸出、削：

設使樹的側影被陽光所劈開

（《石室之死亡》第2首）

在鮮紅的唇上，果核被一陣吻咬開

（〈果與死之外〉）

這一聲
用刀子削出來的呼喊
如千噸熊熊鐵漿從喉管迸出

（〈猿之哀歌〉）

㈢吐、剝：

春蠶死了千百次也吐不盡的
愛

（〈猿之哀歌〉）

一朵山花
在一瓣瓣地剝自己的臉

（〈秋日偶興〉）

㈣旋成、凋成、凝成：

不是霜啊
而鄉愁竟在我們的血肉中旋成年輪
（〈床前明月光〉）

禁城裏全部的海棠
一夜凋成
秋風
（〈長恨歌〉）

看你滿園子的髮香凝成白露
（〈髮香〉）

㈤吊：

我的那件舊襯衣
未經審判
就那麼吊在牆壁的
釘子上
（〈心事〉）

㈥嚼：

羊齒植物
沿著白色的石階
一路嚼了下去

（〈金龍禪寺〉）

總之，洛夫所偏愛的動詞，大抵有「強制性地去改變事物」的意味，因此能引起我們某種扭曲的或力度感的想像，這大概是洛夫的詩如此「觸目驚心」的基本原因。動詞後加一個「成」字的詞彙，洛夫用得很多，這類詞在古典詩詞中幾乎沒有，從語法結構而言，「拉成」不等於「拉」，「拉」僅僅表示一個動作，而加了「成」卻還表示動作的過程；這類詞實際上是用了最經濟的語詞去表示行爲及其過程。洛夫所使用的動詞，常給人以堅銳、迅速、凝重、血腥的感覺，令人想起古代的李賀。在運用動詞造成「觸目驚心」的效果這一點上，洛夫與李賀有著共同的偏好。洛夫描寫李賀的詩句，其實也正是他自己的寫照：

石破
天驚
秋雨嚇得驟然凝在半空
這時，我乍見窗外

有客騎驢自長安來
背了一布袋的
駭人意象
人未至，冰雹般的詩句
已挾冷雨而降
……………（〈與李賀共飲〉）

IV

儘管以上我們探討的是選擇詞彙的問題，但是，當我們具體分析這些名詞、動詞、或形容詞的含義時，卻不自覺地（實際上是無法避免地）受制於這個詞在上下文中的位置。任何一個詞，它的意義作用只有在句子的組合或語詞的組合之中才能發生。因爲只有通過特定的組合，才有可能改變詞的本義，而賦予其喻義。詩的存在，既然是對於我們慣例語言的一種反抗，對於我們惰性世界的一種超越，那麼，詩人在語言運作上，最後的著眼點總是在語詞的組合上，而不僅僅是語詞的選擇問題。凡優秀的詩人，都有這樣一種才能：能使我們所慣用的詞（實際上所有的詞彙幾乎都是慣用性的，詩人一般都無法生造詞彙來製造「詩意」性的意義）具備一種我們意想不到卻又恰如其分的意義，能給予我們一種語言聯想上的驚奇。正如俄國形式主義理論家什克洛夫斯基(Victor Shklovsk)所說：「藝術的存在無非是要我們恢復生命感，恢復對外在事務的敏銳感受，使石頭重新變成又冷又硬。藝術的手法爲的是使我們的觀察脫出窠臼，重新發覺事物的新奇，使形式加重艱澀感，延長我們觀察它的時間。」❻對於詩人而言，要想達到這一切，除了語言外，別無他途。在現代詩歌發展史中，無論是強調音樂的成份，還是強調排列的形式，目的都在使慣用的語詞擺脫慣例性意義的境界。

顯而易見，洛夫對於音樂性或繪畫性的追求，相對而言，並不突出。他並不企求通過一種旋律或一種獨特的排列方式來釀造「詩意」，他努力的方向主要在於：奇特的聯繫。我們幾乎可以說，現代中國詩人中，沒有一個人能夠像洛夫那樣，創造出那麼多出人意料的奇異的語言組合，這是一個詩人具有豐沛想像力的表徵，同時也是極具智慧的象徵。如果我們考察詩歌史，很容易發現，那些情感熱烈而浪漫的詩人比較喜歡追求語言的音樂性，講究形容詞的使用，而那些側重哲學與趣的詩人，卻較爲喜歡在簡潔的名詞與名詞之間，尋求一種不尋常的聯繫，給予讀者的，不僅僅是情緒的刺激，更是智慧的啓示。洛夫顯然屬於後者。

洛夫在語言組織上的策略，總體來說，是製造「矛盾語義」而獲得一種「受阻的、扭曲的語

---

❻ 轉引自高辛勇《形名學與敍事理論——結構主義的小說分析》(聯經版，一九八七年)，頁一八。

言」。他的詩歌語言，所有的組合都是爲了突出一種「反邏輯」的、矛盾的語義聯想，以及使所有無生命的都具有極強的生命動感。

簡單地說，矛盾語義是指：語詞的組合所構成的語義完全超過了現實中的可能性，只有在想像的領域才能存在。這樣的組合，對於我們習慣性的語言概念，總是有矛盾的或有違反邏輯的感覺。但實際上，這種矛盾性的語義表現著一種最高的「眞實」。洛夫詩歌中的矛盾語義大量出現，㈠是以複句的形式出現，如：

我的目光掃過那座石壁
上面即鑿成兩道血槽

（《石室之死亡》第1首）

這是一個因果複合句，單獨的每一句都很通順，沒有什麼違反常識之處，但兩句相加後所形成的語義卻很不「合理」，目光本是無形的東西，說「掃過」已略有誇張，又怎能在石壁上鑿成兩道血槽？這只能是心理感受的結果，十分震撼人心地將戰爭、死亡給予詩人內心巨大的衝擊與震動之感情，表現了出來。另外，這種聯繫實際上更眞實地展現了客觀的視覺形象。血槽可能本來就已濺在石壁上，但當詩人的視線與它相遇時，那一瞬間的感覺就彷彿是詩人自己的目光鑿成的，從中我們能體會出詩人內心的波瀾。

左邊的鞋印才下午
右邊的鞋印已黃昏了

（〈煙之外〉）

這兩個並列句很美麗也很感傷，將時間的流逝濃縮於一步之中，既使時間這種抽象觀念化作可視的具象，同時，又表露了詩人對於生命的感嘆。所有的實際上之不可能，都在審美中被轉化成詩意的東西。

那年，我在此向你告別
風中舉起的手
如一截斷藕
四十年後
藕絲　依舊懸在半空

（〈再別衡陽車站〉）

這段句子的前半部分是由一個比喻構成的，將「手」喻爲「斷藕」，給人以不得不離開的傷痛感，又給人以「斷藕絲連」的聯想；所以，下半段就有了「藕絲依舊懸在半空」之句。這句子本身沒有什麼邏輯上的問題，但我們會想，四十年後的「藕絲」還會懸在半空嗎？由這一想，我們能悟到，「藕絲」實則上不過是一個比喻，喻詩人的「鄉愁」。四十年後重歸故鄉，又不得不再度分離，「藕絲」仍舊懸在半空。

㈡是以單句的形式出現：

樹在火中成長

（《石室之死亡》第1首）

按常理，在火中焚燒的樹是在走向毀滅，不可能「成長」。但詩人偏偏要說是「成長」，可見，詩人理解的「成長」不同於一般的邏輯。實則上在詩人心目中，「毀滅」也就是一種「成長」。在不合常理的組合中，蘊含著一個古老的哲學命題，而這個古老的哲學命題因了這種組合而顯現出充沛的生命力與新鮮感。

㈢是出現在主賓結構中，這種句構最多，幾乎比比皆是。主語——謂語——賓語構成的句子，是對事物間秩序、邏輯關係的安排，反映著人對世界的認識和判斷。在現實生活中，這種認識和判斷必須符合慣常的邏輯，否則，別人無法明白你的意思。比如，我們說：「我正看著太陽」，描述了一種情境，表達了一種人人都能明白的判斷，但如果我們說：「太陽正看著我」，一般人就會認爲這個句子中主語與賓語的關係不符合邏輯。但在詩的領域，這樣的組合恰恰產生了一種驚奇、一種詩意，並且，它更符合我們內心深處某一時刻的感受。洛夫善於爲主語與賓語製造不同尋常的關係，他作品的意象，也常常自這種奇特的搭配之中，躍然而出。比如：

而我確是那株被鋸斷的苦梨
在年輪上，你仍可聽清楚風聲、蟬聲

（《石室之死亡》第1首）

我是一隻沒有翅膀的小船

（〈風雨之夕〉）

你是火的胎兒，在自燃中成長
無論誰以一拳石榴的傲慢招惹你
便憤然舉臂，暴力逆汗而上
你是傳說中的那半截蠟燭
另一半在灰燼之外

（〈灰燼之外〉）

而象牙床上伸展的肢體
是山
也是水

（〈長恨歌〉）

這些詩句都是將人喻作物，均可用「像」來代替「是」。另外還有將人喻作某「專有名詞」：

她
被一根繩子提升為
一篇極其哀麗的
聊齋
（〈女鬼㈢〉）

聊齋乃書名，「她」之成爲「聊齋」，是由該書的狐鬼故事引起的聯想，正確的說法應該是：她上吊自殺成爲《聊齋》故事中那樣的女鬼。繩子的「提升」是由上吊時的情狀引伸而來。這一句詩完全將一個女人上吊時的情形詩意化了。由此我們可以清楚地明瞭所謂日常語言與詩意語言的區別，也明瞭詩人是怎樣用語言來重新建構我們的日常世界。下面的詩句則是將物比喻作人的：

墓石如此謙遜，以冷冷的手握我
（《石室之死亡》第12首）

床亦是，常在花朵不停的怒放中呼痛
（《石室之死亡》第58首）

月光的肌肉何其蒼白
而我時間的皮膚逐漸變黑
在風中
一層層脫落

（《時間之傷》）

鎮暴水喉射完最後一次精
便此癱軟
一如國會打瞌睡的頭

（《城市悲風》）

這是將無生命的東西賦予生命，使它們具有生命的形態，這是詩人內在的情感與思想投射於外物而形成的。將人比擬為物，或將物比擬為人，都是詩人的心靈與外在世界的對話與交融，從這種對話與交融中，我們可以看出詩人的包容能力與感受能力，越是具有包容能力與感受能力的詩人，就越是能接近「物我相忘」的境界，在他的詩中，我們根本無法分清「物」「我」的界線，詩人的自我完全融入大千世界之中。

在有些詩句中，洛夫常常借用動詞，將一些抽象的名詞完全具象化（有時是用「如」），或者將具象名詞抽象化。如：

哦！好長的手臂，掌心裏正握著我的孤獨

（〈投影〉）

那麼多咳嗽，那麼多枯乾的手掌
握不住一點暖意

（《石室之死亡》第5首）

感激，常如梳粧臺上一柄冷冷的銀鎖
常在守候著最初的開啓

（《石室之死亡》第25首）

海喲，為何在衆燈之中
獨點亮那一盞茫然

（〈煙之外〉）

伸手抓起
竟是一把鳥聲

（〈隨雨聲入山而不見雨〉）

唐玄宗
從

水聲裏
提煉出一縷**黑髮的哀慟**
（〈長恨歌〉）

你的信像一尾魚游來
讀水的溫暖
讀你額上動人的鱗片
讀江河如讀一面鏡
讀鏡中你的笑
如讀泡沫
（〈子夜讀信〉）

我伸出雙臂
把空氣抱成**白色**
（〈巨石之變〉）

「孤獨」爲某一種情緒，乃無形之物，如何能被「握住」，而成「有形之物」。「鳥聲」本是聽覺上的事物，但一抓起，又彷彿成了伸手可觸的視覺上的形象。另外，像「水的溫暖」、「笑」等，都是不能讀的，但詩人卻說「讀」，大約是讀信時的心理感受而已。「空氣」乃無形之物，怎麼能成視覺上的白色。凡此種種，我們可以看出，洛夫借動詞改變日常生活中的邏輯秩序，爲的是呈現一個可感的、活生生的情景在讀者面前。更有甚者，在有一些詩句中，他借動詞將兩件互不相干的事物聯結在一起，這種更強的扭曲性，使我們感到：詩人用語言創造了一個他所感到的世界。如：

香煙攤老李的二胡
把我們家的巷子
拉成一綹長長的濕髮
（〈有鳥飛過〉）

即使把自己縮成雨點那麼小
小
也是我的小
（〈雨中獨行〉）

一隻過雁
以落葉之姿
向悠悠天涯的時間飄去

哇的一聲
吐了一溪的秋雲
（〈過雁〉）

梧桐正以巴掌大的落葉
丈量從秋天到地面的距離
（〈秋末書件〉）

這最後一句詩與艾略特（T. S. Eliot）的「用咖啡匙量著生命」以及卞之琳的「用電線杆量生命」，有著異曲同工之妙。

從詞彙的組織來看，洛夫不是那種「因情造境」的詩人，而是那種「因語造境」的詩人，是那種用語言來打破日常的邏輯關係，而重新建構一個藝術世界的詩人。

最後，我們想要提出的是，雖然我們在上面提到洛夫不是一個刻意追求「音樂」效果或「繪畫」效果的詩人，但詩之所以為詩，而不是散文，畢竟是它必須具備一定的音樂與繪畫的成份。失卻了這些成份，詩就不能成立，甚至有些時候，詞彙可以脫離其意義而仍然具有某種意義，比如加重語調，或造成特別的排列等等。在洛夫詩中，如果說具有音樂的美或繪畫的美，可以說是來自詩人心靈深處內在的旋律，而不是詩人刻意為之的結果，仔細朗讀洛夫的詩，我們會震懾於他那種特有的凝重氣息，尤其是《石室之死亡》，幾乎洋溢著一種祈禱般的宗教氛圍，從語言上看這種氛圍，主要通過兩種途徑來表現，一是虛詞大多採用文言文，如「亦如」、「乃」、「於」、「此」等，二是運用了排比或重複，如：

我們曾被以光，被以一朵素蓮的清朗
我們曾迷於死，迷於車輪的動中之靜

文言詞的運用所具有的古雅，以及排比句所造成的一唱三嘆、委婉，都與一種凝重、神聖、悲憫的宗教氣氛相契合。卽使在後期的詩中，排比句仍然是洛夫經常運用的。如果說，在一些詩人的筆下，排比句的運用是爲了達到激情的渲洩；那麼，在洛夫的筆下，則是爲了達到情感的緩緩流注，形成凝重之感，例如：

我在長城上
迎萬里的悲風而立
散髮幌如昨日
昨日大漠中漫天的烽煙
不論這是不是歷史的峯頂

我必須登臨
為了證實
太陽西沉不是一種否定
證實在嘉峪關上朗誦的詩句
千年之後
能否傳到山海關口
汗在掌中湧動
劍在鞘中輕嘯
我奔馳於衆山與青空之間
俯首下望
指指點點
那是秦時圓過的月
那是漢時失去的關
那是荒草中的李陵碑
那是昭君用琵琶彈出的一條青石路
翔舞了兩千年的龍啊

在你瘦棱棱的脊骨上
縱然天風如濤
仍掩不住
孟姜女亙古的哭聲
……（〈我在長城上〉）

洛夫從未提倡過「圖像詩」或「立體詩」，但他的詩在排列上仍有一番講究，以求藉外在的視覺感加強讀者對詩意的感受，如那首〈煙之外〉，「整首詩幾乎是『三』部漢字的變形與組合」❼，與整首詩的意境相契合。〈長恨歌〉中語句排列所造成的審美感，給人印象尤其深刻：

他開始在床上讀報，吃早點，看梳頭，批閱奏摺
蓋章
蓋章
蓋章
蓋章

❼同❺。

從此
君王不早朝

這在視覺上造成的無聊、冗長、重複、機械的節奏，正與詩的意旨相符。再如：

晚報扔在臉上
睡眼中
有
鳥
飛過

這幾行詩確有鳥飛過時的動感，同時，還能烘托出一種「漫不經心」的氣氛。那首〈白色墓園〉在繪畫性上的追求尤其突出，確將詩人眼中的墓園景色，從視覺上首先呈現給讀者，那兩排貌似單調的「白的」之排列，實則上給人以恐怖的視覺形象：

白色墓園

白的　一排排石灰質的
白的　臉，怔怔地望著
白的　一排排石灰質的臉
白的　乾乾淨淨的午後
白的　一羣野雀掠空而過
白的　天地忽焉蒼涼
白的　碑上的名字，以及
白的　無言而騷動的墓草
白的　岑寂一如佈雷的灘頭
白的　十字架的臂次第伸向遠方
白的　遠方逐漸消失的輓歌
白的　墓旁散落著花瓣
白的　玫瑰枯萎之後才想起被捧著的日子

白的　　　　馬尼拉海灣的落日
白的　　　依然維持彌留時的
白的　體溫，一萬七千個異國亡魂
白的　　依然維持出擊時的隊形
白的　　　　數過來，數過去
白的　　　　依然只是，一排排
白的　　　　一排排石灰質的臉
地層下的呼吸　　　　白的
沉沉如砲聲起伏　　　白的
這裏有從雪中釋出的冷肅　白的
不需鴿子作證的安詳　　白的
一種非後設的親密關係　白的
存在於輕機槍與達達主義之間　白的
月光與母親之間　　　白的
水壺和乾涸的魂魄　　白的

鋼盔和鳶尾花　　白的
聖經和三個月未洗的腳　　白的
嚴肅的以及卑微的　　白的
在此都已曖昧如風　　白的
如風中揚起的　　白的
一襲灰衣，有人清醒地　　白的
從南方數起，一小撮一小撮　　白的
有磷質而無名字的灰燼　　白的
散佈於諸多戰史中的　　白的
小小句點　　白的
死與達達　　白的
都是不容爭辯的　　白的

後記：今年二月一日起，我與八位臺灣現代詩人，應菲華文藝社團之邀訪問馬尼拉七天。二月四日下午參觀美堅利堡美軍公墓；抵達墓園時，只見滿山遍植十字架，泛眼一片白色，印象極為深刻，故本詩乃採用此一特殊形式，以表達當時強烈的感受。

本詩分為兩節，寫法各有不同，第一節以表現墓園之實際景物為主，著重靜態氣氛的經營；第二節則以表達對戰爭與死亡之體悟為主，著重內心活動的知性探索，而兩節上下「白的」二字的安排，不僅具有繪畫性，同時也是語法，與詩本身為一體，可與上下詩行連續。

一九八七・三・三十

洛夫最近有一首詩〈我在腹內餵養一隻毒蠱〉每句詩的首字聯起來正好是詩的題目。這種「玄機」出現在「好詩」中，能增添幾分詩趣，但如出現在「壞詩」中，則容易流於文字遊戲。洛夫的可貴之處正在於，無論對音樂性的追求，還是對繪畫性的追求，或別的什麼「玄機」的追求均能與他詩作本身的生命體驗融滙一體。詩可以借助音樂的或美術的成份，來增強自己的表現力，但終究，詩不能成為音樂或美術，它最終仍必須局限於它自身的規範性中，如果超過了它自身的規範，就有可能成為文字遊戲。歸根結底，詩仍是一種語言的藝術，它必須以特殊的語言藝術來表現人類的經驗。

結語

墨雷（Murry）曾說：「詩人心中的文字，一部分是由情感背景發生的，一部分是特意用來傳達這情感背景的。」❽洛夫詩中後一部分的文字特別多，以至於一些學者稱他爲現代中國詩人中最有語言自覺的一位。但不管如何，詩人所借助的語言不外由文字的聲音、文字的本義及文字的組合所構成，這三者最終要表達的無非是懷德海（Whitehead）所說的「是一點具體而眞實的原始經驗」，或如克羅齊（Groce）所說：是一種直覺，或如托爾斯泰（Tolstoy）所說的是一種情感。

總之，詩歌語言並不是可以單獨分剝開來的，它必須是一個整體，是一個與詩人心中所要表達的東西完全契合的一個整體。我們在分析洛夫詩歌時不得不作許多分解，實出於無奈，這也是語言自身的悲劇。儘管如此，我們仍要強調，語言絕對不單單是工具，因此在很大程度上並不存在所謂的語言技巧，如果果眞有的話，那麼，詩人也可以像工匠一樣不斷被複製。而事實上，詩人從來不是學習而成的。詩人只有將文字與他內在的生命體驗完全溶合的時候，語言才有魅力。

❽《現代詩論》（曹葆華選譯，臺灣商務印書館，一九七一年版），頁二〇六。

確如簡政珍所說：「語言是一種意識、生命與存有。」[9]語言只有被賦予一種偉大的藝術力量，只有被超越在所謂的「技巧」之上，詩人才有可能藉語言來實現對於現實的超越與重整。

---

[9] 見〈詩人與語言的三角對話〉，載《歷史的騷味》（尚書版，一九九一年版）。

第二章　洛夫詩歌的意象

I

蘭格爾（Susanne K. Langer）說：「每一件眞正的藝術品都有脫離塵寰的傾向」❶。詩人用語言重新整合現實世界，產生別一種心靈的世界。它來源於生活，又超越於生活。它似乎可以觸摸，又似乎永遠無法企及。它是立體的視覺形象，又似乎永遠無法用畫筆去描摹。因此，詩的語言不是再現的，不是敍述的，而是表現的。只有經過心靈化的瞬間，詩歌語言才具有生命力，才有迫近生命體驗的質感。

一言以蔽之，能呈現意象的語言，才是詩的語言，才是藝術的語言。在詩歌創作中，語言的

❶ Susanne K. Langer《情感與形式》（中國社會科學出版社，一九八六年版），頁五五。

最終目的是「意象經營」，而意象的組合產生詩的最終審美效果：意境。每一種意境，都是我們心靈中雋永的經驗之呈現，都使我們能在瞬間把捉到永恒。

所以，Susanne K. Langer 又說，藝術創造的就是意象，這是藝術的本質。那麼，意象是什麼呢？「意象純粹是虛幻的『對象』。它的意義在於：我們並不用它作爲我們索求某種有形的、實際的東西的嚮導，而是當作僅有直觀屬性和關聯的統一整體。」❷龐德（Ezra Pound）則說：「一個意象是在瞬間呈現出的一個理性和感情的複合體。……正是這種複合體的突然呈現給人以突然解放的感覺，不受時空限制的自由的感覺，一種我們在面對最偉大的藝術品時感到的突然長大了的感覺。」❸也許，對意象而言，最重要的是主客體的交融，詩人以一種不平凡的生命感去觀照客觀世界時，客觀世界彷彿被賦予了一種不尋常的藝術力量，所有的物象因而變得生機勃勃。簡政珍說：「詩的意象就是抓取主客交互凝視的瞬間」❹。詩正是在這一瞬間獲取「意象」，從而挽留了時間，或者說，讓時間停留在空間中。

凡是詩，都必然有意象。但有些詩人刻意追求意象的經營，而另一些詩人卻缺乏這種意識。後一類詩人注重的是情緒的渲洩或思想的表達，詩是抒情達意的，成爲他們固執的觀念。他們不

---

❷ 同❶，頁五八。

❸ 轉引自 Wellek, *The theory of literature*, Chapter 15。

❹ 簡政珍《詩的瞬間狂喜》（時報文化出版企業有限公司，一九九一年版），頁一〇六。

太在乎語言或意象，他們重視的是才情或靈氣，他們將詩看作是天才的自然流露，是靈光一閃中的產物，只要你有眞摯的情感、或思想，自然就會「流」出好的詩。確實，如果詩人本身具備不凡的靈氣、飄逸的神采，那麼，他筆下的詩句也彷彿超塵脫俗，別具一番清絕之韻味，似乎「此曲只應天上有」。優秀的浪漫派詩人大抵有此種特點，如徐志摩，他的詩堪稱藝術絕品，他的詩絕對是抒情的，他最常見的句式是「我是……」。一般而言，他詩作的意象是完全隨著情緒之流動而產生的，因此，意象的組合常常是輻射式的，以「我」的某種情感爲焦點，將相關的物象統攝在這種情感之中，也就是說，所有的物象都是用以渲染那種情感。在這種詩中，「我」完全凌駕於意象之上。這種詩的目的是要感染讀者。但是，這種類型的詩並不容易寫好，如果詩人缺乏靈性，則常常流於感傷或說教，以至於一瀉無餘，毫無回味。廢名在《談新詩》中曾說：「這一派的詩人乃自由滋長，結果是上下古今亂寫，沒有一絲阻礙。這時候的阻礙又在於文字語言不聽命令，即是說感情有時寫不出說不出，如郭沫若的〈梅花樹下醉歌〉一首詩，從『梅花！梅花！我讚美你！』，一直寫到『破！破！破！我要把我的聲帶唱破！』我覺得還是不中用的，讀者當然也會受到了一點影響，即理會得作者有一種感情用語言文字唱不出來。」❺當意識到「有一種用語言文字唱不出來」時，詩人們就有可能在意象的經營上下功夫，因爲只有意象才能表現出「唱

❺ 廢名《談新詩》（人民文學出版社，一九八四年版），頁一五七、一五八。

不出來」的感情。孔子說：「聖人立象以盡意」，那麼，詩人在詩創作時，與「聖人」一樣，不得不用「象」來盡意。語言的組合形成意象，意象產生「象外之象」、「言外之意」，一切盡在「不言」之中，意象顯現出沉默的姿態。比如，抒發一種孤單的情感，我們當然可以用「我眞的很寂寞」、「我是多麼地孤獨」這樣的句子直接表達，但「落花人獨立，微雨燕雙飛」，卻更耐人尋味，沒有任何說明性的語詞，只是呈現了「落花」、「人」、「微雨」、「燕」幾個並置的意象，讀者卻在對意象的玩味中獲得無限的美感與廣濶的聯想空間，這就是意象的魅力。

Ⅱ

用意象來說話，抒情主人公退居幕後，不可避免地會造成所謂欣賞上的「晦澀」（實際上確切的用語應該是「含蓄」）。讀者必須有能力去領會語言以外的「暗示」，或者說，能夠理解由意象組成的「心靈世界」之邏輯體系，進而把握詩境。否則，就有可能感到如墜雲裏霧裏，不知所云。也許，悟詩如悟禪，只有超越了語言文字的拘束，才能觸及最深刻的禪機。

洛夫的《石室之死亡》，就題材而言，相當「抒情」，抒發的是對戰爭的感受、對死亡的思索、對飄泊的感嘆。情緒又是如此的激越，很容易寫成「感染性」的直接抒發胸臆的詩。但是，《石室之死亡》映入讀者眼中的、震撼讀者心靈的，是一個接著一個的意象；眩目於這種所謂的

「繁複意象」，讀者在欣賞上感到極度的困惑。避免直接的情感表達，是《石室之死亡》在意象經營上最明顯的匠心，據洛夫自己說，《石室之死亡》第一首的第一句本來是這樣的：

偶然昂首向血水湧來的甬道，我便怔住

後來改為：

只偶然昂首向鄰居的甬道，我便怔住

從這改動中，我們可以體會出洛夫是如何藉意象的經營來達臻含蓄的美。「只」字的附加，增添了整個意象在時間上的偶然性，給人以驚愕的感覺，與後面的「怔住」相呼應。「血水湧來的甬道」比較容易理解，能使「我便怔住」這句字坐實，改成「鄰居的甬道」，卻使語義變得朦朧，什麼樣的鄰居？鄰居的甬道是什麼地方？怎麼會使我怔住？這些都似乎無法落實。但是，卻大大解放了讀者聯想空間的限制，同時也引起讀者的好奇心，既然會使「我」怔住，那麼，「鄰居的甬道」必然存在著什麼特別的東西，讀者會急於閱讀下面的詩行。「鄰居的甬道」這樣的意象與「血水湧來的甬道」相比，後者的限定性要強烈得多，已為讀者的聯想指明了確切的方向。但

「鄰居的甬道」限定性很弱，可以是任何一個「鄰居」，「鄰居的」這個形容詞意象實際上只是表現了「鄰居」這個詞的本質，幾乎沒有任何實指。洛夫詩作的意象大抵具有這種傾向，盡量消除限定性，盡量超越時空的限制，以呈現一種赤裸裸的生命體驗。而要打破這種限定性，採用「戲劇化」的手法是有效的途徑，在一個戲劇性的動作中，蘊含著未來的無限可能性，是時間與空間交融而凝止的那一刻。卞之琳將「戲劇性情景」視作我國古詩中的「意境」，也許不無道理。總之，「戲劇化」的目的是要去掉所有的飾詞，去掉所有的說明或議論，讓「動作」來呈現「意義」。在浪漫派的詩歌中，意象與語詞相當，尤其是與形容詞和名詞相對，如徐志摩〈這是一個懦怯的世界〉中最後的一段：

順著我的指頭看，
那天邊一小星的藍——
那是一座島，島上有青草、
鮮花、美麗的走獸與飛鳥，
快上這輕快的小艇，
走到那理想的天庭——
戀愛，歡欣，自由——辭別了人間，永遠！

「一小星的藍」、「鳥」、「青草」等一系列意象構成了這段詩的意境，而且，那些意象的比喻性意義相當明顯，都象徵著詩人心目中「理想的天庭」的「美」。

但是，在洛夫的詩中，意象往往無法與名詞完全相對應，因爲他的名詞往往生存在動詞之中，只有在動作中才顯示意義，比如《石室之死亡》第四十三首的第一段：

石室倒懸，便有一些暗影沿壁走來
傾耳，聽穴隙中一株太陽草的呼救
哦，這光，不知為何被鞭撻，而後轢死
而後悲痛如酒流下
我狂飲以目、以胸，以醉後的不知

試將前面兩句改成：「倒懸的石室，沿壁走來的暗影」，「在穴隙中呼救的太陽草」，讀者可能更容易接受，因爲改動的句子使讀者面對靜態的意象，比喻性的意義比較容易琢磨。但詩中的句子，完全讓意象在動態中完成，「石室」是在「倒懸」的動作中才有完整的形象，「暗影」是正在「沿壁走來」，「太陽草的呼救」以動作性的名詞作爲重心，使整個意象成爲某種動作，「光」的意象是在一個被動的行爲之中，「悲痛」用「酒流下」這個戲劇性意象來比喻，最後是

「我狂飲」的意象。所有的意象均在戲劇化的動作中，均構成一個戲劇性的情景。與靜態的意象相比，戲劇化的意象增強了視覺上的立體化效果，同時，一個行動中的物象總要比一個靜止的物象呈現出更爲複雜的意義。又因爲一個行動總是聯繫著過去、現在、未來，所以，在「行動」中，時間變得更加逼人。「石室」、「暗影」、「穴隙中的太陽草」等意象如果呈靜態狀，它們的喻義相當明顯，無非是象徵著生存與死亡；但戲劇化的情景使「生死」之間的鬥爭變得生動可感，使名詞性的意象在動作中立體化。這一段的前二句如果換成「死亡的陰影籠罩在我們頭上」，該是多麼乏味；以一個具體的情景：石室中的陰影沿壁走來，聽到裏面有太陽草的呼救，來呈現一個普遍的觀念，使一個並不深刻的觀念完全詩化，在一個意境中充滿生命力。《石室之死亡》一個接一個的戲劇化意象，構成了一個奇崛的世界，一個充滿喧嘩的世界，同時，又是一個充滿寂默的世界。

從《魔歌》集開始，洛夫的詩風有所轉變，首先表現在詩作的意象變得相對集中，因而顯得「單純」，有透明晶瑩之感，令人想起王廷相的話：「詩貴意象透瑩，不喜事實粘著，古謂水中之月，鏡中之影，可以目睹，難以求是也。」❻但是，「戲劇化」的傾向依然存在，並且更趨成熟，後期洛夫許多詩作中的「戲劇化情景」，可以說完全達到了古典詩詞中「意境」的水平（可作爲例證來駁斥「現代詩不如古典詩」之謬論）。一首詩的意象在一系列前後一致的行爲中形成

❻ 王廷相（明代）《與郭价夫學士論詩書》。

一幅戲劇情景，似乎詩中的時空變得相對狹小，卻由於意象處於「戲劇化」的動作中，其暗示的功能大大地被提高，如：

一把酒壺
坐在那裏
釀造一個悲涼的下午
一支長長的曲子被它嘔出了一半
另一半在焦渴的舌底
死去
如果將其擊破
一個醉漢便從中怏怏走出
而壺的碎片
比誰都清醒

（《魔歌·壺之歌》）

這首詩的主體意象是「酒壺」，詩的意境是由壺的一串連貫性的行動而構成的，整個過程很簡單：壺坐在桌前，度過一個悲涼的下午，旁邊有樂曲，最後一段是假設壺被擊碎的情景。這一切似乎很平常，但實際上並不平常，仔細想想：酒壺怎能像人一樣坐在那裏？下午怎能被「釀造」出來？長長的曲子怎能被嘔出一半？壺中又怎能走出一個醉漢？碎片又怎能像人一樣有所謂的「清醒」？顯然，這一切都不過是詩人借「物象」來表現自己的心理感受。故意以物觀物，讓酒壺作爲主體，只不過是要造成審美上的距離感，讓「意義」隱藏在物象中。如果我們在心中描摹這首詩的意境，將會是這麼一些畫面：下午，一個心事重重的人坐在屋裏喝酒，越喝醉意越濃，屋裏的樂曲悠悠，那人嘔吐，酒壺被擊碎，醉了的人可能在喃喃自語，……。這個人是誰？他爲什麼要悲哀？我們都不得而知，我們只「看」到這麼一幅戲劇性的場面，知道有人在那裏悲哀。這人可能是世界中的任何一個，這悲哀可能是任何一種悲哀。一個極其具體的「場面」，在讀者的心目中，完全轉化成某種宇宙性的情感經驗。洛夫所謂的「從有限暗示無限」，在這一類詩作中，完全實現了。一個有限的時空被簡化成一幅戲劇性的意境後，人們可以沿著不同的方向反覆玩味，不同的人或同一個人在不同的時間，都能產生不同的感受，這就是審美上的無限性。

在三十年代末，聞一多的詩就已偶爾出現這種「戲劇化」手法，他有一首名爲〈罪過〉的詩，將人物的對白引進詩中，整首詩好像一齣小小的舞臺劇。在浪漫派詩風盛行的年代，確令人耳目一新。三十年代卞之琳有意識地用「戲劇化」手法寫詩，他自稱受到聞一多及艾略特(T. S. Eliot)這一路西洋詩人的影響。卞之琳的詩，可能最早在中國新詩中提供了現代詩與古典詩在美學上滙通的例子。試讀他的一首愛情詩：

三日前山中的一道小水，
掠過你一絲笑影而過去的，
今朝你重見了，揉揉眼睛看，
屋前屋後好一片春潮。

百轉千迴都不跟你講，
水有愁，水自哀，水願意載你。
你的船呢？船呢？下樓去！
南村外一夜裏開齊了杏花。

（〈無題一〉）

意象在戲劇化的行動中完成詩境，情緒完全內歛，我們得到的是對愛情情狀（普遍性的）的玩味，而不是愛情情感（個人性的）的感染。這樣的詩，聯想的空間是無限的。四十年代，袁可嘉發表了幾篇文章，將「戲劇化手法」予以理論上的闡述並倡導，他認爲「新詩戲劇化」的要點包含以下幾個方面：

一、盡量避免直截了當的正面陳述而以相當的外界事物寄託作者的意志與情感；戲劇效果的第一個大原則卽是表現上的客觀性與間接性，……

二、……我們相信詩的戲劇化至少有三個不同的方向：有一類比較內向的作者，努力探索自己的內心，而把思想感覺的波動藉對於客觀事物的精神的認識而得到表現的。……第二類詩的戲劇化常被較外向的詩人所採用，奥登是傑出的例子。他的習慣方法是通過心理的了解把詩作的對象搬上紙面，利用詩人的機智、聰明及運用文字的特殊才能把他們寫得栩栩如生，而詩人對處理對象的同情、厭惡、仇恨、諷刺都只從語氣及比喻得著部分表現，而從不坦然裸露。……此外還有一類使詩戲劇化的手法是乾脆寫詩劇。

三、無論想從哪一個方向使新詩戲劇化，以為詩只是激情流露的迷信必須擊破。沒有一種理論危害詩比放任感情更為厲害，不論你旨在意志的說明或熱情的表現，不問你控訴的對象是個人或集體，你必須融和思想的成分，從事物的深處，本質中轉化自己的經驗，否則縱然板起面孔或散髮捶胸，都難以引起詩的反應。❼

這些看法在五十年代以前政治熱情與個人情緒空前氾濫的時代，可謂空谷足音。在戲劇化的

❼ 袁可嘉〈新詩戲劇化〉，載於一九四八年六月《詩創選》十二期。

過程中呈現意象，進而營造一片永恒的詩境，這是現代詩人在拓展語言表現功能上的努力。就洛夫而言，是企圖達臻「以有限暗示無限，以小我暗示大我」的境界。洛夫可能對艾略特的「非個人化傾向」有些誤解❽，艾略特的「非個人化」實則上與「以小我暗示大我」有著相近的意思，都是針對惡性的浪漫抒情而發的，都是企求詩人退居幕後，將個人性的情緒轉化成某種充沛的意象，間接地暗示出來，使詩成爲眞正的藝術品，而非發洩個人情緒的工具。

當我們讀到洛夫後期一些精巧的詩作時，確然感到：現代詩是一種消泯了民族、時代諸界線的純粹的詩，用白話也能創造出古典詩歌所具備的那種美。意象經營的成熟標誌著詩歌語言的成熟。如果拿下面的詩與唐詩宋詞對比著讀，我們不能不對現代詩充滿信心：

共傘的日子
我們的笑聲就未曾濕過
沿著青桐坑的鐵軌
向礦區走去
一面剝著橘子吃

❽ 洛夫在〈超現實主義與中國現代詩〉一文的結尾說：「我始終無法苟同 T. S. 艾略特在〈傳統與個人的才能〉一文中所強調的詩中『無我』的說法……」

一面計算著
由冷雨過渡到噴嚏的速度

（《釀酒的石頭‧共傘》）

柔水如情
如你多脂而溫熱的手
這把年紀
玩起水來仍是那麼
心猿
意馬
趕緊擰乾毛巾
一抹臉
擡頭只見鏡中一片空無
猿不嘯
馬不驚
水，仍如那隻柔柔的手

——一種淒淒的旋律
從我的華髮上流過
（《月光房子・洗臉》）

III

休姆（Hulme）曾說：「譬如某詩人爲某些意象所打動，這些意象分行並置時，會暗示及喚起其感受之狀態，……兩視覺意象構成一個視覺和弦。它們結合而暗示一個嶄新面貌的意象。」❾據說，愛森斯坦是從中國的象形文字中悟出了電影蒙太奇的妙用。我們現在讀一些中國古典詩詞，會覺得在意象的處理上常常與電影的蒙太奇接近，這一特點大約很吸引了當年龐德等一幫詩人。意象的並置產生的效果，表面上看相當客觀，詩人彷彿只是「客觀地」羅列了一串物象，而沒有任何議論及個人化的情緒；但實際上，詩人在選擇物象時，已不可避免地滲進了自己的心理感受，有著深刻的心靈化痕迹，比如「枯藤、老樹、昏鴉」，爲什麼要把這三種互不相關的物象並列，當然有內在的心理邏輯可以追尋。

意象的並置對於追求「含蓄」或「非個人化」的詩人們來說，是一條誘人的捷徑，同戲劇化

❾ 轉引自陳植鍔《詩歌意象論》（中國社會科學出版社，一九九〇年版），頁六七。

手法一樣，通向沉默的境界。事實上，在洛夫的許多詩中，並置與戲劇化是同時出現的。

洛夫最早試探意象並置的詩是《魔歌》中的〈西貢夜市〉：

一個黑人
兩個安南妹
三個高麗棒子
四個從百里居打完仗回來逛窰子的士兵
嚼口香糖的漢子
把手風琴拉成
一條那麼長的無人巷子
烤牛肉的味道從元子坊飄到陳國篡街穿過鐵絲網一直香到化導院
　　和尚在開會

葉維廉在〈洛夫論〉中對此詩有過透徹的分析，我們不妨轉述如下：

這裏沒有强烈的主觀的投射，只有人物、物象、事象的排列呈現；除了報導式的描述外，幾乎沒有加上什麼意見；除了「手風琴拉成……巷子」有些轉折外（但並非難以感觸的曲解），幾乎沒有險奇的造語。換言之，這是白描。……在這類詩裏，讀者的心中會如此咀嚼：在衆多人物、事物中，作者為什麼選出了某一些而加以突出（……如洛夫詩中的「黑人」、「安南妹」、「高麗棒子」、「士兵」、「和尚開會」）？它們或他們作為一個意符投射出怎樣一種階級的生活，怎樣一種情況？

我們知道，這首詩寫在越戰時期，洛夫當時派駐西貢。在西貢而突出黑人和高麗棒子，夾著安南妹，而不突出一般越南民衆。詩人看到的是一個西貢特別的區域，因著戰爭的關係而多了外來的人（外來的援助，但也是外來的侵擾）。巷子無人，大概是因戰爭的危險而他往或躲起來。不是「鳥鳴山更幽」，而是寂靜無人中一聲淒清（詩人沒有說，但我們可以感到）的手風琴，由一個嚼著口香糖（美國的形象）的漢子拉著。鐵絲網把許多活動摒在外面，不得侵入，而只有烤牛肉的味道可以穿過。烤牛肉大抵來自美軍的營房。音和香都有，只是這不太平常。和尚不在寺院裏靜坐而在開會，情況已經非比尋常了。怪怪的，肉香竟飄到和尚的化導院去，彷彿去逼他們還俗。從另一個角度看，和尚參與政治實在也代表不再出塵而開始涉世了。事實上，從這些選擇的事物中還可以引出很多具體的政治回響。

這種寫法其實有些似舊詩的羅列意象，譬如杜甫這首絕句：「遲日江山麗，春風花草香；

泥融飛燕子，沙暖睡鴛鴦。」境界當然不同。杜詩呈現一種春來的靜美與和諧，以及春天帶來的一些突出的有代表性的活動。但境界雖然不同，意符的選擇與羅列的方式（不加說明的羅列）卻很近似，即是讓羅列的意符放射出一種氣氛，來構成一種情境。⑩

客觀物象的並置中，凸出的只是「客觀對應物」，詩人的自我幾乎完全被消融。所有的詩趣都來自於彷彿是互不相干的物象之並列，而這種並列總是循著某種內在的心靈邏輯的，讀者在疑問中，總是能得到審美上的驚喜。

早在三十年代，中國現代詩歌中的某些作品，已表現出用並置的方法來處理意象的痕迹，比如戴望舒的〈印象〉：

是飄落深谷去的
幽微的鈴聲吧
是航到煙水去的
小小的漁船吧

---

⑩ 葉維廉〈洛夫論〉，載於《因為風的緣故》（九歌出版社，一九八八年版）。

如果是青色的真珠；
它已墮到古井的暗水裏
林梢閃著的頹唐的殘陽
它輕輕地斂去了
跟著臉上淺淺的微笑

從一個寂寞的地方起來的
迢遙的、寂寞的鳴咽，
又徐徐回到寂寞的地方，寂寞地。

這首詩帶著從浪漫主義風格向現代主義風格過渡的特點，個人性的情緒不時要跳出來，操縱語言文字。但不管怎樣，詩人已經意識到了意象的重要，他用了一連串並置的意象來抒發自己的情感。這種思路在當時既是前衛的、現代的，其實也是古典的。卞之琳似乎沒有嘗試過這種方法，他完全醉心於「戲劇性情景」的營造。從二十年代到五十年代，現代中國詩人中確實很少有人自覺地意識到：意象的並置能夠拓展詩的暗示功能。在那個動盪的年代，詩人們有太多的感情要抒發，有太多的思索要表達「暗示」、「含蓄」之類的詞彙，對許多詩人沒有吸引力。艾青七〇年代末八〇年代初創作的一些短詩，一脫他從前粗線條的沉鬱的抒情風格，而刻意於意象的「雕琢」，如這一首〈盼望〉：

一個海員說
他最喜歡的是起錨激起的那
一片潔白的浪花
一個海員說
最使他高興的是拋錨所發出的
那一陣鐵鏈的喧嘩……

一個盼望出發
一個盼望到達

由兩個相對照的意象並置而成，詩的趣味來自對比中的反差，同是盼望，卻含有不同的含義。生活的小小場景，卻引起對於人生的玩味、思索。

從歷史的背景看，洛夫探索用並置的方式來處理意象，是有著某種爲現代中國詩歌開拓新途徑的意義的。儘管洛夫自己並沒有創作大量的此類僅僅並置意象的詩，但由此種探索，他更深地懂得了如何收斂個人化的情緒，如何將個人化的情感用物象來凸現。在後期的詩作中，意象並置的手法往往與其他手法同時出現在同一首詩中，偶而也會有完全用意象並置手法創作的詩，如：

咖啡壺在桌上
帽子在門後
雨傘則一向掉在別人家裏
瓶中的玉蘭香
只要加一點水便再度亢奮起來
至於抽水馬桶上
那本破小說的名字
怎麼想
也想不起來
……
清明時節雨落無心

（《魔歌．下午無歌》）

煙從碑後升起而名字都似曾相識
一隻白鳥澹澹掠過空山
母親的臉在霧中一閃而逝

（《釀酒的石頭·清明四句》）

Ⅳ

意象乃詩人用整個生命與心靈去擁抱客觀世界的產物，在這種擁抱中，詩人對於外界事物的把握、捕捉，不會是邏輯的、分析的，而是直觀的、整體地呈現的。所謂整個的生命、整個的心靈，乃包含了視覺的、嗅覺的、味覺的、觸覺的整體性交融。在實際的生活中，五官之間的感覺並不涇渭分明，而是常常互相糾纏、互相牽引，心理學將此種現象稱為聯覺或通感（synaesthesia）。在詩歌創作中，如果以通感手法來凸現意象，就會更貼近眞正的生命體驗。

中國現代詩歌由於受白話文語法的束縛，通感手法的引用存在著諸多困難。在意象的經營中，幾乎沒有詩人認眞而專一地探索過這種手法。洛夫對於此種手法的有意或無意的應用，也是斷斷續續的，但相比之下，已有不小的成績，足以提出來討論供進一步的思考。視覺與聽覺之間的匯通，在洛夫的詩中出現得最多，他的許多意象產生於聽覺的視覺化或視覺的聽覺化。試讀下面的句子：

他的聲音如雪，冷得沒有一點意義

（《石室之死亡》第8首）

死亡的聲音如此溫婉，猶之孔雀的前額

（《石室之死亡》第11首）

我們依然用歌聲在你面前豎起一座山

（《石室之死亡》第31首）

把手風琴拉成
一條那麼長的無人巷子

（《魔歌・西貢夜市》）

香煙攤老李的二胡
把我們家的巷子
拉成一綹長長的濕髮

（《魔歌・有鳥飛過》）

晚鐘
是遊客下山的小路
……

一隻驚起的灰蟬
把山中的燈火
一盞盞地
點燃

（《魔歌・金龍禪寺》）

而哀聲
在一疊彩色的包裝紙中蠕動

（《魔歌・黑色的循環》）

那獨異的文字
在漸遠漸瘦的飛機聲中
消失

（《魔歌・青空無事》）

哨子聲
把遠處的炊煙
吹得又高又瘦

（《魔歌・清苦十三峯之九》）

這一聲
用刀子削出來的呼喊
……
那哀嘯，聲聲
穿透千山萬水
最後自白帝城的峯頂直瀉而下
跌落在江中甲板上的
那已是寸寸斷裂的肝腸
（《時間之傷・猿之哀歌》）

喧囂之後
往往是一肆意延長的顫音
抖得窗外的燈火忽明忽滅
（《時間之傷・除夕十四行》）

晨鐘便以潑墨的方式
一路灑了過去。
（《天使的涅槃・山寺晨鐘》）

繼之一聲長嘆
驚得四壁的灰塵紛紛而落

（《月光房子·車上讀杜甫》）

用「雪」來形容聲音，不僅有視覺上的形體感，同時也有觸覺上的寒冷感，那種聲音給詩人在心理上的感受應當是寒冷的、蒼白的。「死亡的聲音」本身是將一抽象名詞聽覺化，而緊接著又以「孔雀的前額」將「聲音」視覺化，這種感覺上的複雜轉換，觸及了生命在一剎那間的眞實體驗，這種體驗是整個地呈現的。「用歌聲豎起一座山」是用一視覺意象來形容這歌聲，尤其是動詞「豎」完全將「歌聲」立體化，聽覺牽引視覺，無形的歌聲可以「看」到。「手風琴」、「二胡」發出的樂曲本來是聽覺上的，但詩人用動詞「拉」使它們成爲一個視覺意象，這兩個視覺意象（「濕髮」、「無人巷子」）都爲讀者推測詩人聽樂曲時的感受提供了線索。「晚鐘」一詞的意義有點模糊，可能指聽到的鐘聲，也可能眞的看到了鐘，但似乎前一種可能性更大，而且，前一種可能性更有詩意，「晚鐘」是「小路」，無論從什麼角度，都有語病，但是，這種不合理的「聯結」卻眞正地將詩人對客觀事物的印象整個地呈現了出來，詩人同時聽到鐘聲，又看到遊客、小路，於是在一瞬間用一簡潔的判斷句將此印象存眞，成爲一鮮活的意象。灰蟬點燃燈火的道理是一樣的，詩人同時聽到蟬聲，又看到燈火，於是用一「把」字及動詞「點燃」，將視覺與聽覺上的感受同時凸現，透過這些句子，讀者好像能觸摸到黃昏時分的山路、蟬聲、燈火、晚鐘等所構成的那一種氣氛。「哀聲」被動詞「蠕動」視覺化了。「飛機聲」怎能「漸瘦」，彷彿可以看見。「哨子聲」這一句詩，也是用了一個「把」字，將視覺與聽覺之間的界線打通，詩人同時感受到了「哨子聲」與「炊煙」，它們在詩人的心靈間彷彿有了某種聯繫，於是用這麼一種奇特的句式將它們連結起來，從語義上看，好像不合邏輯，實則上就心理直覺來說，卻相當眞實。「呼喊」用「刀子削出來」形容，也成爲一視覺性的意象，且觸目驚心；下面一段的描寫是用視覺形象去比擬「哀嘯」。「顫音」與「燈光」、「長嘆」與「灰塵」，都藉了一個詞語的連結，將視、聽印象同時呈現。「晨鐘」以潑墨的方式一路灑了下去，渲染出滿山鐘聲、餘音裊裊的氣氛。

聽覺與視覺之間的融滙，使無形的變爲有形，也能使無聲的變爲有聲。洛夫有一些意象是將視覺聽覺化而形成的，如：「無非一盆落月，從窗口傾瀉而下」、「岸邊的桃樹吵得很凶」等，再如那首〈舞者〉：

　　嗆然
　　鈸聲中飛出一隻紅蜻蜓
　　貼著水面而過
　　柔柔腹肌

靜止住
全部眼睛的狂嘯

江河江河
自你腰際迤邐而東
而入海的
竟是我們胸臆中的一聲嗚咽
飛花飛花
你的手臂
豈是五絃七絃所能縛住的
揮灑間
豆荚炸裂
羣蝶亂飛
升起，再升起
緩緩轉過身子

一株水蓮猛然張開千指
扣響著
我們心中的高山流水

如果說，古典詩歌中經常以視覺性的意象去描繪聽樂曲時的感受，「心想形狀如此」，那麼，洛夫這首詩正好相反，舞者的視覺印象觸發的恰恰是聽覺上的聯想，整首詩是以聽覺意象來表現舞者的舞姿的。

無論是無形的變成有形，還是無聲的變成有聲，目的都是使意象更趨近直覺中的眞實印象，都是爲了使意象在奇崛中顯出平凡，而又在平凡中見出奇崛，更是爲使意象增強生命的質感。

其實，在中國古典詩歌中，以視覺化的意象描繪聽覺上的感受，是大量存在的，「紅杏枝頭春意鬧」、「小星鬧如沸」、「歌聲春草露，門掩杏花叢」等等，或如李碩的〈聽董丈彈胡笳〉：「空山百鳥散還合，萬里浮雲陰且晴」，韓愈〈聽穎師彈琴〉：「浮雲柳絮無根蒂，天地闊遠隨飛揚……躋攀分寸不可上，失勢一落千丈強。」等，無非是「聽聲類形」，以視覺化的意象來描繪聽覺上的印象。

另外，洛夫偶爾也有聽覺與味覺、觸覺之間融滙的意象，如

在遍體冰涼的夕陽中

（《時間之傷‧雪地鞦韆》）

漸去漸遠的

私語

閃爍而苦澀

（《魔歌‧長恨歌》）

槍聲

吐出芥末的味道

（《魔歌‧死亡修辭學》）

一支長長的曲子被它嘔出了一半

另一半在焦渴的舌底

死去

（《魔歌‧壺之歌》）

這色調好酸楚，常誘使我們向某一方位探索

（《石室之死亡》第39首）

「夕陽」有了體溫，有「冰涼」之感，這是從視覺中引發了觸覺上的聯想。「私語」閃爍而苦澀，既可看見，又可品味，這是在聽覺中同時引發了視覺與味覺上的聯想。「槍聲」能有「味道」，這是聽覺中兼有味覺的聯想。「曲子」怎能嘔出？醉酒的情景、樂曲悠悠的氛圍，同時呈現在讀者眼前，這裏兼有聽覺、味覺、視覺上的聯想。色調能有「酸楚」的味道，當然是由視覺引起了味覺上的感受。

莊子曾說：「夫徇耳目內通，而外於心知。」（《莊子・人間世》）列子則云：「眼如耳，耳如鼻，鼻如口，無不同也，心凝形釋。」（《列子・黃帝篇》）《大佛頂首楞嚴經》卷四之五上說：「由是六根，互相爲用。阿難，汝豈不知，今此會中，阿那律陀無目而見，跋難陀龍無耳而聽，殑伽神戈非鼻聞香，驕梵鉢提異舌知味，舜若多神無身覺觸。」六根的互用，耳目的替代，諸如此類，都是用整個心靈、整個生命去感知世界的結果。在「心眼」中，一切條分縷析的「邏輯體系」都完全消失，主客體在瞬間交融，生命體驗轉化成生動的意象而凸現。

通感手法的引入意象經營，並不是故作神秘、故作奇特，而是切切實實地要將詩人的生命體驗整個地呈現；否則，就可能淪爲文字遊戲。

最後，值得一提的是，與上述戲劇化手法相關，洛夫在意象經營時，喜歡採用衝突性的對比來造成一種緊張感，使意象變得更爲「驚心」。正如簡政珍所說：「正反有無的交錯，肯定和否定的交雜，是典型洛夫作品世界裏的現象。」《石室之死亡》中的意象，往往處於生與死、明與暗、虛無與存有等的衝突中，如：「是一個常試圖從盲童的眼眶中／掙扎而出的太陽」，盲童眼眶的「黑」與太陽形成強烈的緊張，使意象扣人心弦。後期的詩歌，儘管因爲趨於單純，而顯得較爲「平靜」，但喜歡在交錯對比中凸現意象，仍是洛夫慣用的手法，如「衆荷喧嘩／而你是挨我最近／最靜最溫婉的一朶」、「一把骰子擲下去／飛旋著／一個驚怖的漩渦／衆神靜默」、「千人皆醉，唯獨／一粒種子仍在雪下醒著」，在動與靜，多與少的對峙中，意象既緊張而又鮮活。

第三章　洛夫詩歌的悲劇意識

I

「悲劇表現了自我完成（self-consummation）的生命力節奏」❶，自然的或超自然的種種力量對於生命的主宰、摧毀，並且它們的不可改變或不可逆轉性，觸發了人類最本原的悲劇意識；而死亡是其中最常見、最基本的悲劇力量。沒有死亡的體驗或思索，悲劇意識卽不存在，也就是說，人們只有在認識到個人生命是自身的目的，是衡量其他事物的尺度時，悲劇才能興起。雅斯培（Jaspers）說：「絕對而根本的悲劇意味著：無論如何都只有死路一條」❷。但這並不

❶ Susanne K. Langer, *Feeling and Form*, p. 406, 傅志強翻譯。

❷ Karl Jaspers, *Tragedy Is Not Enough* (1969, Archon Books).

是說，悲劇只是苦難或痛苦、絕望的傾訴，悲劇不是傷感，更不是濫情。「若對我們所難以把握的無限廣袤毫無感受；那麼，我們最後能成功傳達的只是苦難——而非悲劇。」❸滿足於個人情感的渲洩，只是感傷，也許能達到優美，但永遠無法企及崇高。悲劇立足於超越，對個人情感的超越，對苦難不幸的超越，這種超越最終表示的是對於人的終極存在的關注，對於人的尊嚴之渴望。所以，具有悲劇意識的詩都是崇高的詩。「所謂悲劇，並非一般所說的『苦戲』，而是指極度嚴肅的，超乎個人的恐懼與憐憫，最後能產生對人生及整個宇宙的澈悟。」❹

普遍認為，悲劇意識的形成，在於兩種或多種正反力量之間的衝突，而且總是正面的力量受挫。「當一位主人公經受厄運的考驗時，他就證明了人類的尊嚴和偉大。人可以在任何變動下，都勇敢而堅定，只要他活著就可以重建自己。他還能夠自我獻身。」❺悲劇中反面的力量隨著時代的不同而不同，有時候是神的力量，有時候是命運，有時候是性格；而自十九世紀以來，社會習俗、制度等越來越多地被看作是導致人性異化的反面力量，無論浪漫主義、現實主義，還是現代主義，都敏銳地感受到了社會規範所形成的巨網（有形的或無形的），在如何支配、扼殺、扭曲著個體生命的存在，個人對此無能為力。就西方文學而言，我們很容易得出這樣的結論：面對

❸ 同❷。
❹ 洛夫《詩的探險》（黎明文化事業公司，一九七九年版），頁二二四。
❺ 同❷。

毀滅人自身或毀滅人所追求的所有完美的具體形象之種種力量，人不得不有所反抗，而此種反抗終歸趨於無效、失敗；因此，「行動」是悲劇主人公不可或缺的品格。有些學者因而對中國文學中是否有悲劇持懷疑態度。中國很少西方稱之爲「悲劇」的戲劇，但美學意義上的悲劇精神卻是貫穿於中國文學史的，孔子的「逝者如斯夫」之嘆，幾乎奠定了中國古典文人悲劇意識的基本情調：於生命的有限中企求那無限的超越。因爲這種超越的渺茫，中國古典詩歌才有如此哀婉無奈的感情色彩，也因爲這種超越的渺茫，老莊哲學和禪宗都給人以濃厚的悲劇情懷。「時間是中國詩人最普遍的動機和主題」，「天地萬象差不多都可以引動時間的感慨」❻。「人生處一世，去若朝露晞」（曹植）、「壯年以時逝，朝露待太陽」（阮籍）、「今人不見古時月，今月曾經照古人」（李白）等等，類似的詩句比比皆是。中國古典詩人往往將他們的現實憂憤如慘遭貶謫、或宗社沉淪等，昇華爲時間憂患，比如屈原在〈離騷〉中反覆嘆息：「日月忽其不淹兮……恐美人之遲暮」，正是表現了他對於個人命運、國家前途痛徹心肝的憂患。這確是現實憂患向人生和宇宙意識的昇華。也許我們可以說，中國古典詩詞的悲劇精神，大抵源於對時間法則的反抗。老莊、禪宗則經常被用以作爲此種反抗的哲學依據。

五四時期出現的白話詩，即新詩，是在西洋文化的衝擊下從中國古典詩歌發展史中裂變出來

---

❻ 肖馳《中國詩歌美學》（北京大學出版社，一九八六年版），頁一三六。

的產物，不可避免地呈現出與古典詩詞相當不同的風貌。就悲劇意識而言，中國新詩的著眼點在於個人的價值與尊嚴，以及傳統文化秩序的解體對於個體心靈的震盪。儘管在中國歷史上也曾出現過外族的全面入侵，但那些入侵只是政治、軍事上的，最終，入侵者本身都溶於我們自身的文化體系，因此，古代的入侵引起的興亡之感，根本上只是一種民族主義情感。但在近、現代，中國面臨的不僅僅是政治、軍事、經濟上的外來侵略，更在文化上遭到了西洋文明空前的挑戰，由此在中國現代文人的心靈上引起的震動之深之巨，是可想而知的。作爲第一個白話詩人，胡適先生的詩在美學效果上並不理想，談不上什麼悲劇精神的創造，但卽使在他那些顯得粗糙的白話詩中，也已隱隱約約地透露了現代中國歷史與個體生命之間橫亙著的悲劇性矛盾衝突，如他的〈蝴蝶〉：

兩個黃蝴蝶，雙雙飛上天，
不知為什麼，一個忽飛還。
剩下那一個，孤單怪可憐；
也無心上天，天上太孤單。

以今天的眼光看來，它也許只是分行的散文，它之所以引起我們的注意，是因爲它所咏懷的那種孤單情懷，在日後的中國新詩中經常出現。個體與世俗社會、政治及文化之間的衝突，個體與蒙昧的庸衆之間的衝突，一直激蕩著中國現代詩人的心靈。儘管在這種激蕩中出現過許多濫情的感傷詩，自哀自憐，極盡渲染個人的哀感爲能事，「常常有意地造成一種情緒的氣氛，讓自己浸淫其中，從假相的自我憐憫及對於旁觀者同情的預期取得滿足，覺得過癮。……舊日才子型的文人最容易落於這個自製的圈套，有不少壞的詞曲給我們做了證人。見落葉而嘆身世就是標準的一型。這類感傷的特質是絕對的虛僞，近乎無耻的虛僞。」❼但是，也出現了許多以個體生命價值爲核心的富有悲劇意識的優秀作品，抒發著現代中國人對於人性的尊嚴之呼喚。胡適另有一首詩叫作〈你莫忘記〉：

> 你莫忘記：
> 這是我們國家的大兵，
> 逼死了三姨，逼死了阿馨，
> 逼死了你妻子，鎗斃了高升！
> 你莫忘記：

❼ 袁可嘉《論新詩現代化》（生活、讀書、新知三聯書店，一九八八年版），頁五三。

是誰砍掉了你的手指，
是誰把你老子打成了這個樣子！
是誰燒了這一村，……
嗳哟！……火就要燒到這裏了，——
你跑罷！莫要同我一齊死！……
你莫忘記：
你老子臨死時只指望快快亡國：
亡給「哥薩克」，亡給「普魯士」，——
都可以，——
總該不至——如此！……

這首極不像「詩」的詩蘊含著近代中國最可悲的悲劇：民族主義情感的危機。近現代的中國知識分子大抵懷抱著救國救民的壯志，但愛什麼「國」，怎樣愛國，卻往往使他們迷茫、困惑。冰心的小說《去國》（一九一九年）中，主人翁從美國學成歸國，滿腔熱血無處發揮。最後重返美國時說：「祖國啊祖國，不是我棄絕了你，而是你棄絕了我。」聞一多無疑是最能體現這種危機，而同時又極富美學情操的悲劇詩人，他的〈發現〉：

我來了，我喊一聲，迸著血淚，
「這不是我的中華，不對，不對！」
我來了，因為我聽見你叫我；
鞭著時間的罡風，擎一把火，
我來了，不知道是一場空喜。
我會見的是噩夢，哪裏是你？
那是恐怖、是噩夢掛著懸崖，
那不是你，那不是我的心愛！
我追問青天，逼迫撲面的風，
我問，拳頭擂著大地的赤胸，
總問不出消息，我哭著叫你，
嘔出一顆心來，——在我心裏！

喊出了一代中國人最爲沉痛的心聲。民族主義情感的受挫，使近現代中國文學充滿了無所適從、無所歸依的創傷感，爲被迫放逐或自我放逐的心態提供了依據。

一九四九年以後的政治情勢，使得上述個體存在的危機及民族主義情感的危機更加複雜化，給予五十年代以降的臺灣文學以深遠的影響。洛夫便是其中突出的代表之一。洛夫十九歲那一年離開故土，隻身來到孤島臺灣，經歷了嚴酷的軍營生活和實地的戰爭體驗。由懷鄉而引起的孤絕感，對於民族命運的憂患，以及由戰爭經驗引起的對於人的存在困境之體悟，確實構成了洛夫詩歌悲劇意識的主要內涵。洛夫個人經歷的苦難與時代的苦難相契合，造就了他詩歌中那種深沉的，震懾人心的悲劇氣氛。確如李英豪所說：「作為一個前衞詩人的洛夫是沉痛的，在他的血液裏奔流著一種巨大的悲哀和苦悶……，自他的第一本抒情詩集《靈河》出版後，他便積極追求一種冷峻的、如大理石的盲瞳般的悲劇世界。」❽

Ⅱ

風雨淒遲
遞過你的纜來吧
我是一隻沒有翅膀的小船
我要進你的港，我要靠岸

❽ 李英豪〈論石室之死亡〉，載於《詩魔的蛻變》（詩之華出版社，一九九一年版）。

從風雨中來，腕上長滿了青苔
哦，讓我靠岸
如有太陽從你胸中升起
請把窗外的向日葵移進房子
它也需要吸力，亦如我
如我深深被你吸住，繫住

（〈風雨之夕〉）

這是寫於一九五五年的詩，我們可以從中想像出洛夫當時的心境。個人感情生活的際遇，激起的是鄉土的懷念，由鄉土的懷念，進而抒發被禁錮的壓抑、痛楚，以及對於歸宿的熱切尋求。《靈河》一集中充滿著這樣的句子：「我是一隻想飛的煙囪」、「我再也不敢給思想以翅膀／怕也被人攫住，然後釘死」、「這樣，我就仰臥不起，飲你的葡萄酒／你的美目使我長醉不醒。」愛情於洛夫而言，是一種精神上的家園、一種港灣，可以讓受創的飄泊心靈得到安息。那麼，愛情的受挫，給予詩人的傷痛，不是「失戀」兩字可以涵蓋的。儘管《靈河》詩集中尚帶著許多羅曼蒂克的傷感，但，即使是〈贈聖蘭〉這樣的情詩，也已顯示出了洛夫自己的特色，從中仍可窺見他一以貫之的那種博大厚重的情懷。洛夫的愛情體驗是與他的飄泊體驗緊密相聯的，無論是對愛情的呼喚，還是因愛情的受挫而呻吟，我們都能強烈地感受到一位孤絕的流浪者發自內心的震顫。這是其一。而更重要的是，洛夫的「飄泊體驗」也與一般的「懷念家鄉」不同，許多「懷念家鄉」的文學作品沉醉於對故鄉風土人情的描繪，或者陶醉於童年、少年時代的往事回憶，滿足於一個虛幻的「過去的好世界」。洛夫卻是直接地抒發自己無所歸依的生命體驗，進而昇華到對於人的終極存在的思索。表現處於歷史、現實、時間、空間的逼迫中而掙扎著的生命律動，是洛夫詩歌最爲震懾人心的特點。因此，余光中稱他爲「用傷口唱歌的詩人」❾，洛夫也曾自言：「詩人的使命就是透過詩來解除生命的悲苦，這種詩是知性的、是批判性的；詩絕不像一束花一樣只使人愉快或感動而已，更重要的是使人對生命有所感悟。」❿

讀過上面那首詩後，再看這一首詩：

嚼著五毛錢的魷魚乾，
這條路我走得好吃力。
昨天，雲很低，朋友向我索酒，

❾ 余光中〈用傷口唱歌的詩人〉，載於《詩魔的蛻變》。
❿ 洛夫《時間之傷·自序》。

他說醉後窗外的天會變得很高，很藍。
然而，唉！抽屜裏只有賣不掉的詩。
我羞澀地關起窗子，任北風訕笑而過……（〈生活〉）

由此，也許可以追索出洛夫當時的心路歷程：由飄泊而引起自我失落之感（找不到自己的位置、找不到自我價值實現之途徑），或者說，深感於自己被放逐於「羣體」之外，最終引起他對於存在意義的追尋（這一點我們將在後面詳細討論），而這種心路歷程的歷史背景是：與大陸母體的切斷。正是這種切斷，或者說放逐，激起了一代臺灣作家的危機意識，形成了所謂的放逐文學。同樣，這種切斷的背景，也爲我們理解洛夫詩中的悲劇意識提供了歷史的和現實的依據。

如果我們同意這種說法，即，放逐不單單是物質上的、肉體上的，更是精神上的；那麼，現代中國文學就是在一個放逐的空間中形成、發展的，其間充溢著放逐的絕叫與呻吟。自鴉片戰爭以來，中國文化的承傳一直處於嚴重的危機之中，在外來軍事、政治、文化的攻勢下，中國人的民族自信心一步步地動搖。第一篇現代中國小說《狂人日記》中的主人公狂人，考察了幾千年的中國文化，認定只是「吃人」的文化而加以棄絕，將未來的希望寄託在未曾吃過人的孩子身上。撇開文學的觀點不談，這個論斷是意味深長的。至少，我們首次從文學中聽到了「文化虛位」的回響。《狂人日記》描繪的那一片「陰森森、黑漆漆」的荒原氛圍，不正是傳統文化秩序解體後出現的茫然、恐懼、無所適從等心理現象在文學中的表現嗎？幾乎魯迅所有的小說，以及那部傑出的《野草》，都向我們呈現了與《狂人日記》一脈相承的荒漠氛圍。魯迅無疑為現代中國知識分子描繪了一個他們無法規避的世界，在這世界中，「四面都是灰土」、「沒有愛憎，沒有哀樂，也沒有顏色和聲音」、「是黑暗和虛空而已」⑪。魯迅對於死亡的刻骨銘心的體驗，「對於死亡有著大歡喜」⑫，也許潛在地表示了：希望傳統文化死而復生。這也是郭沫若那首長詩《鳳凰涅槃》的主題，但魯迅的表現完全是悲劇性的，郭氏則代表著五四時期中國人內心樂觀的一面，以為舊的鎖鏈被砸碎，新的世界即會出現。當魯迅的名字一再地被人們提起，他雜文或小說中的觀點一再地被人們引用，我們感到：傳統文化秩序解體後中國仍然存在著深刻的危機，中國人的心靈仍然缺乏文化上的平衡與支柱。首先，這表現在葉維廉先生所說的「在設法調適傳統與西方文化時落入了一種『既愛猶恨，說恨猶愛』的情結，亦即是對傳統持著一種驕傲但又同時唾棄的態度，對西方既恨（恨其霸權式的征服意識）而又愛其輸入來的德先生與賽先生。」⑬魯迅也曾說過，我們挨了洋鬼子的打，但仍只有向洋鬼子學習，才是唯一的出路。也正如都萊特（Will

⑪ 魯迅〈求乞者〉〈希望〉均載於《野草》。

⑫ 魯迅《野草‧題辭》。

⑬ 葉維廉〈洛夫論〉，載於《詩魔的蛻變》。

Durant）所說：「中國之不能統一，反應出也顯現了存在於中國人心中的那份矛盾，今天中國人最強烈的感情是痛恨外國人，同樣的，今天中國最有力的行動，是模仿外國人。」⓮其次，也是更富有悲劇性的，乃在於：由於政治情勢的混亂而造成民族主義情感的危機，或者說，造成中國人文心理的扭曲與分裂。之所以會產生葉維廉先生所說的對傳統「有著唾棄的態度」，乃是因爲現代中國人往往將現實的政治情勢與傳統文化混爲一體，一古腦兒算在傳統的帳上，當他們對所謂的「傳統」採取堅決的批判態度時，實際上反映了對於現實的厭惡與絕望（這也是中國傳統文化的承傳發生危機的重要原因之一）。五四時期新文化運動的提倡者們對「愛國主義」之反感，也源於此。陳獨秀一九一六年在《新青年》上撰文認爲，在中國不宜提倡愛國主義，因爲中國的國家政權不能代表人民的利益，與其讓野蠻、愚昧的軍閥統治中國，不如讓講法制和民主的英國和法國來統治中國，人民的日子會好過一些⓯。這種說法當然有偏頗之處，但就事論事，卻透露出現代國人內心的一種想法。上面提到的胡適的詩、冰心的小說及聞一多的詩，都表明：中國人的民族主義熱情無法滲透到政治經濟形式之中。梁啓超、魯迅等一批近現代文化名人，最初的志願都是「富國強兵」，或從事政治、或從事實業、科學，但最終都被擠到文學或其他學術領域，企圖以「小說新一國之政治」，或以文藝「喚醒國人的靈魂」。這是多麼富有悲劇性的現代

⓮ Will Durant《中國與遠東》第五章（幼獅文化事業公司，一九七八年版）。

⓯ 陳獨秀〈我之愛國主義〉載《新青年》第二卷第二號。

中國歷史之一幕。上述兩個因素，造成了現代中國文學的放逐情景：放逐於傳統的文化秩序，游離於新舊之間，放逐於政經形式之外，在祖國的大地上猶如「零餘人」。歸根結底，造成了現代中國文化凝聚力量的消失，充塞於現代中國文學中的，是無所歸依的生命之浮躁，無所追尋的自我之虛空，是理想的狂熱與破壞的陰鬱。大陸八十年代的所謂「尋根文學」又一次顯示：我們已經長久地失去了我們自己的精神故鄉，而迷失於生命的碎片之中。當我們閱讀日本的川端康成、三島由紀夫的作品時，這種感受尤其強烈，不禁想到徐志摩二十年代的詩：

我慚愧我來自古文明的鄉國，
我慚愧我脈管中有古先民的遺血，
我慚愧揚子江的流波如今溷濁，
我慚愧——我面對著富士山的清越！

古唐時的壯健常縈我的夢想：
那時洛邑的月色，那時長安的月光；
那時蜀道的啼猿，那時巫峽的濤響；
更有那哀怨的琵琶，在深夜的潯陽！

但這千餘年的瘻痺，千餘年的懵懂：
　更無從辨認——當初華族的優美，從容！
摧殘這生命的藝術，是何處來的狂風？——
　緬念那遍中原的白骨，我不能無惆！

我是一枚飄泊的黃葉，在旋風裏飄泊，
　回想所從來的巨幹，如今枯禿；
我是一顆不幸的水滴，在泥潭裏匍匐——
　但這乾涸了的潤身，亦曾有水流活潑。

我欲化一陣春風，一陣吹噓生命的春風，
　催促那寂寞的大木，驚破他深長的迷夢；
我要一把崛强的鐵鍬，鏟除淤塞與臃腫，
　開放那偉大的潛流，又一度在宇宙間洶湧。

為此我羨慕這島民依舊保持著往古的風尚，
在樸素的鄉間想見古社會的雅馴、清潔、壯曠，
我不敢不祈禱古家邦的重光，但同時我願望——
願東方的朝霞永葆扶桑的優美，優美的扶桑！
（〈留別日本〉）

相當典型地傳達了現代中國文人在文化放逐後所產生的荒涼的「懷鄉」鬱結。鴉片戰爭後的中國歷史，佈滿了斑斑血跡，我們從那些不堪回首的時光中，目睹了中國文化怎樣從高層次的人文心理結構到低層次的社會生活結構一步步被蹂躪、被肢解。我們因此能理解爲什麼一首〈龍的傳人〉或〈我的中國心〉，能那樣打動中國人的心，爲什麼金庸的武俠小說能風靡全球的華人社會，這些作品無論從正面或反面，都喚起了中國人關於久遠的精神故鄉的記憶。

我們很容易將許多臺灣當代詩歌認作是懷念家鄉河山的「懷鄉詩」，卻忽略了在所謂的「懷鄉」背後蘊藏的複雜的文化鬱結。不同於歷史上因外族入侵而造成的隔絕（如南宋），臺灣與大陸的隔絕，是兩大政黨鬥爭的結果。南宋的詩人可完全以民族主義的情緒，北望鄉土，抒發愁思，尤爲重要的是，南宋時代中國文化的凝聚力量仍然存在，中國人仍然生活在一個穩定有序的文化結構中。但當代臺灣詩人面臨的政治情勢相當複雜，他們被隔絕後產生的，不僅僅是對於故鄉河山的懷念，對於「過去的世界」之眷戀，更由此而引起了關於中國文化承傳問題的危機意

識，與上述自鴉片戰爭以來現代中國文人的放逐背景遙相銜接。對於這些歷史的現實的情勢有所了解後，也許讀洛夫的詩時能有更多的領會。如果將「懷鄉」分成政治的、鄉土的、文化的三個層次，那麼，洛夫的詩（還應加上余光中和葉維廉）更多地是屬於文化的層次，他在詩中表達的是強烈的文化上的中國意識，不是用「懷念家鄉」或「愛國」之類的詞彙可以涵蓋的。

Ⅲ

一九八三年，洛夫寫了一首〈武士刀小誌〉，在詩的後記中自言是憤慨於日本文部省的篡改教科書而作，並說：「今天我們的國勢不振，某些人士因對日貿易關係不得不忍辱遷就，但中國人心未死，民族的氣節不容輕侮。我們再不能對日本政府的汙衊保持沉默，如我們一味軟弱，忍氣吞聲，以求瓦全，則永遠無法還我歷史的清白。」字裏行間，洋溢著民族主義的浩然正氣，同時又滿含著對「國勢不振」的悲憤，而正是這後者，才是現代中國人最爲痛心的鬱結。「內憂外患」四個字可視爲對現代中國的最好寫照，「外患」的屈辱總是與不堪言說的「內憂」緊密相聯，正是「內憂」使得由「外患」引起的民族主義情感無所寄託、落實，從而只能轉化成詩歌中的痛楚、憂灼、飄忽不定。

早在一九七五年，洛夫寫過一首〈國父紀念館之晨〉：

提烏龜者二三
練太極拳者七八
溜狗的婦人兜幾個圈子便走了
另外一些則蹲在石階上
讀早報上的獎券號碼
讀石油上漲
讀機車騎士互撞之壯懷激烈
擡望眼，看風嘯雲捲
其瀟灑亦如
林覺民的絕命草書
汗巾是無論如何也擰不乾的
心想：河山的淚
只怕也擰不乾了
他該回家了
手中拎著

當年路過廣州時買的那件灰毛衣
走得實在太慢
退役後
他就怕聽到自己骨骼錯落的聲音

確實，「河山的淚」是無論如何也擰不乾了，透過現實的感觸，道盡了歷史的滄桑與詩人的無奈。八年後洛夫寫的〈雨中過辛亥隧道〉，與上面的詩一樣，都是以近代史的感受爲背景的：

入洞
出洞
這頭曾是切膚的寒風
那頭又遇徹骨的冷雨
而中間梗塞著
一小截魇魇的黑暗
辛亥那年
一排子彈穿胸而過的黑暗

轟轟
烈烈
車行五十秒
埋葬五十秒
我們未死
而先埋
又以光的速度復活
入洞，出洞
我們是一羣魚嬰被逼出
時間的子宮
終站不是龍門
便是鼎鑊
我們是千堆浪濤中
一海一湖一瓢一掬中的一小滴
隨波　逐
一種叫不出名字的流

浮亦無奈
沉更無奈
倘若這是江南的運河該多好
可以從兩岸
聽到淘米洗衣刷馬桶的水聲
而我們卻倉皇如風
竟不能
在此停船暫相問，因為
因為這是隧道
通往辛亥那一年的隧道
玻璃窗外，冷風如割
如革命黨人懷中鋒芒猶在的利刃
那一年
酒酣之後
留下一封絕命書之後
他們揚著臉走進歷史

就再也沒有出來
那一年
海棠從厚厚的覆雪中
掙扎出一匹帶血的新葉
車過辛亥隧道
轟轟
烈烈
埋葬五十秒
也算是一種死法
烈士們先埋
而未死
也算是一種活法
入洞
僅僅五十秒
我們已穿過一小截黑色的永恆

留在身後的是
血水滲透最後一頁戰史的
滴答
出洞是六張犁的
切膚而又徹骨的風雨
而且左邊是市立殯儀館
右邊是亂葬崗
再過去
就是清明節

洛夫許多詩都可能源自某一具體的歷史、政治事件，但經過詩人的語言處理，實際上已超越了那些具體的事件，而成爲現代中國某種集體無意識的象徵，或成爲某種詩類的象徵。如這一首〈獨飲十五行〉：

令人醺醺然的
莫非就是那

壺中一滴一滴的長江黃河
近些日子
我總是背對著鏡子
獨飲著
胸中的二三事件
嘴裏嚼著魷魚乾
愈嚼愈想
唐詩中那只焚著一把雪的
紅泥小火爐
一仰成秋
再仰冬已深了
乾
退瓶也只不過十三塊五毛

這是一九七一年的詩，相當平淡的語句卻顯出相當強烈的力度，這種力度來自語言所包含的指涉，給予讀者無限的暗示。「壺中一滴一滴的長江黃河」、「唐詩中焚雪的紅泥小火爐」，空間上的聯想——對於故國的懷念，以及時間上的聯想——對於已解體的美感經驗之眷戀，全部哽咽於時間的一去不復返之中：「一仰成秋，再仰冬已深了」。一九七六年，洛夫去南韓訪問，南韓的風土人情，令他想起中國的唐朝，南韓與我國東北接壤，令他想起神州的山河；時值冬季，那飄揚的雪，又令他想起故鄉湖南。他在南韓寫了十幾首詩，大多飽含著故國之思，其中最有力度的是〈午夜削梨〉：

冷而且渴
我靜靜地望著
午夜的茶几上
一只韓國梨

那確是一只
觸手冰涼的
閃著黃銅膚色的

梨

一刀剖開
它胸中
竟然藏有
一口好深好深的井
戰慄著
拇指與食指輕輕捻起
一小片梨肉
白色無罪
刀子跌落
我彎下身子去找
啊！滿地都是
我那黃銅色的皮膚

所有灼熱的情懷都寓於冷靜的描述中了。「梨」諧音「離」，有「分離」之意，梨的顏色又與中國人的膚色相同。百年飄零，悠悠鄉愁，全都藏在那口好深好深的井中。時隔三年，洛夫到達香港落馬洲邊界，從望遠鏡中望到故國山河，寫了一首膾炙人口的〈邊界望鄉〉：

說著說著
我們就到了落馬洲

霧正升起，我們在茫然中勒馬四顧
手掌開始生汗
望遠鏡中擴大數十倍的鄉愁
亂如風中的散髮
當距離調整到令人心跳的程度
一座遠山迎面飛來
把我撞成了
嚴重的內傷

病了病了
病得像山坡上那叢凋殘的杜鵑
只剩下唯一的一朶
蹲在那塊「禁止越界」的告示牌後面
咯血。而這時
一隻白鷺從水田中驚起
飛越深圳
又猛然折了回來
而這時，鷓鴣以火發音
那冒煙的啼聲
一句句
穿透異地三月的春寒
我被燒得雙目盡赤，血脈賁張
你卻豎起外衣的領子，回頭問我
冷，還是

不冷？

驚蟄之後是春分
清明時節該不遠了
我居然也聽懂了廣東的鄉音
當雨水把莽莽大地
譯成青色的語言
喏！你說，福田村再過去就是水圍
故國的泥土，伸手可及
但我抓回來的仍是一掌冷霧

在洛夫的詩中，對故國的懷念，浸透著（有意或無意地）對近現代中國歷史的詩的沉思，他的沉思始終落實在歷史的傷痛上，而這一點使他與余光中、葉維廉有所區別；後兩位詩人與洛夫一樣，在他們的詩中也潛藏著濃厚的「中國意識」（文化上的）。葉維廉曾自言：「還有由於空間的切斷而產生的游離不定，憂急的心理狀態的問題，如何在詩的創造裏找到均衡，在傳統與現實切斷的生活中重建文化的和諧感而重新可以沐浴於古典的美感經驗中。」⑯他用舒展或精短的層疊語言，構建了一個放逐在「無花」、「無芽」、「無葉、無花」的心靈空間，火熱的情感被濃縮、被壓制於一種精巧的思辨裏，他的某些詩甚至有著「神話」般的韻味。至於余光中，他在〈敲打樂〉中不斷重複的悲憤呼喊：「中國啊中國你逼我發狂」、「中國中國你令我傷心」、「中國中國你令我早衰」，確令我們想起洛夫〈我在長城上〉這樣的詩，他們倆在某些感受上相當接近。但是，余光中透過他那音樂性的語言結構，著重描寫文化上的「中國景觀」，在說愛猶恨的情結中，不乏昂揚的一面；洛夫卻透過具體的場景，極富動態的語言，著力揭示歷史的痛楚，心靈上的烙印，在「說愛猶恨」的情結中，不乏沉鬱的一面。如果說，余光中在詩中重整了一幅「長江、黃河」、「白玉苦瓜」的人文圖景；那麼，洛夫在詩中表現了一幅「被肢解、被蹂躪」的歷史碎片，以及「飄泊的年代，河到哪兒去找它的兩岸」之悲劇情懷。八十年代，洛夫回到了神州大地，他寫下了這樣的詩句：

……

十月的長江

⑯ 葉維廉〈葉維廉創作年表〉，載於《中國當代十大詩人選集》（源成出版社有限公司，一九七九年版）。

一把寒劍嗤嗤穿透蒼古的層岩
沿岸的楓葉以血掌印證
船頭是水雲的故鄉
船尾隨一羣過龍門時割傷的魚
我在劍刃上行走

船靠酆都
水底的亡魂紛紛在此登岸、投宿
而過客如我者行過奈何橋又豈奈我何
祇是難免會想起一些飄浮的衣裳
一些靈魂乾涸而皮膚潤滑的
。。。。。。。。泡沫
……

(〈出三峽記〉)

IV

從個人的飄零，到民族的劫難、歷史的滄桑，再到傳統的虛位，構成了洛夫詩歌孤絕感、飄泊感或荒謬感的全部現實基礎，換句話說，即，構成了洛夫對於人的存在困境之思索的全部現實基礎。不理解這一點，只從現代主義的一般教條來分析洛夫的詩歌，是不能抓住洛夫眞正的精神實質的。葉維廉先生在〈洛夫論〉中對洛夫的「現代主義」問題已作詳細而精闢的論述，這裏不擬再作贅言，只想補充一點：在比較文學學術領域，所謂影響研究常常因脫離文學的創作實際，而成爲學究式的學術遊戲；研究者先驗地假定作家爲被動的接受體，而忘了作家接受某種東西的「影響」時，一定是他（她）內在的某種想法、經驗與那種東西有契合的地方，他才能接受那種東西的「影響」，並且，他在「接受」過程中不可避免地會摻進他自己的情感與理解。所以，「某某作家受什麼什麼的影響」或「某某是××主義的作家」的說法，多少有點空泛。有些評論喜歡以「××主義」來框定具體的作家，以泛泛的教條代替對具體作家的分析，滿足於將具體的作家界定爲「××主義者」，實際上等於什麼也沒有說，同時又扼殺了具體作家所具有的豐富個性。就洛夫來說，他確實喜愛過許多現代主義的文學作品，喜愛過存在主義哲學，以及超現實主義的作品，但我們的問題應該是：爲什麼洛夫會被這些東西所吸引？或，這些東西中的什麼因素吸引了洛夫？

也許，答案就包含在《石室之死亡》的第一首詩中：

祇偶然昂首向鄰居的甬道，我便怔住
在清晨，那人以裸體去背叛死
任一條黑色支流咆哮橫過他的脈管
我便怔住，我以目光掃過那座石壁
上面卽鑿成兩道血槽
我的面容展開如一株樹，樹在火中成長
一切靜止，唯眸子在眼瞼後面移動
移向許多人都怕談及的方向
而我確是那株被鋸斷的苦梨
在年輪上，你仍可聽淸楚風聲、蟬聲

當個體飄零在陌生的異鄉，在肉體與精神上都與「故鄉」相隔絕，當個體面對生命隨時都有消失的危險，他不能不思索生命的意義，他不能不感到生命的卑微，同時，他不能不心生反抗以顯示生命的崇高。洛夫在〈關於石室之死亡〉中自言：「當時的現實環境卻極其惡劣，精神之苦悶難以言宣，一則因個人在戰爭中被迫遠離大陸母體，以一種飄萍的心情去面對一個陌生的環境，因而內心不時激起被遺棄的放逐感，再則由於當時海峽兩岸的政局不穩，個人與國家的前景不明，致由大陸來臺的詩人普遍呈現游疑不定、焦慮不安的精神狀態，於是探索內心苦悶之源，追求精神壓力的紓解，希望通過創作來建立存在的信心，便成爲大多數詩人的創作動力，《石室之死亡》也就是在這一特殊的時空中孕育而成」，「當我面對死亡之威脅的那一頃刻絲毫不覺害怕，只隱隱意識到一件事：如果以詩的形式來表現，死亡會不會變得更爲親切，甚至成爲一件莊嚴而美的事物？這就是我在戰爭中對死亡的初次體驗。」⑰所以，將《石室之死亡》視作瀕死的創作是一點也不過分的。許多評論者都會指出，這首詩中充滿著「生死同構」的觀念，這無疑是確切的。這種觀念在中國古典哲學、文學或現代西洋詩歌中經常出現，在同時代的其他中國詩人的作品中也能見到。因此，問題的關鍵並不在於洛夫表現了此一觀念，而應是：洛夫是如何表現此一觀念的？洛夫是以一種什麼樣的情感色彩來表現此一觀念的？前一問題的回答應從語言、意象方面著手，我們將在第二、三章另有專論，在此不贅；後一問題的回答可以指向洛夫內在精神

⑰ 洛夫〈關於石室之死亡〉，載於《洛夫石室之死亡及相關重要評論》（漢光文化事業公司，一九八八年版）。

世界的個性化特色。

在隆隆的炮聲中，在死亡的邊緣上，目睹著生命在槍炮聲中應聲倒下，洛夫思考著生死的玄奧，而漩迴於他心中的恰恰是對於生命的渴望。《石室之死亡》到處是生命受傷害的意象，或光明被圍困的意象：

於是你們便在壕塹內分食自己的肢體
（《石室之死亡》第24首）

當死亡的步子將我屋頂上的一抹虹踢斷
（《石室之死亡》第24首）

當一顆炮彈將一顆石榴剝成裸體
成噸的鋼鐵假我們的骨肉咆哮
（《石室之死亡》第38首）

石室倒懸，便有一些暗影沿壁走來
傾耳，聽空隙中一株太陽草的呼救
哦，這光，不知為何被鞭撻，而後轢死
（《石室之死亡》第43首）

棺材以虎虎的步子踢翻了滿街燈火
（《石室之死亡》第11首）

雪季已至，向日葵扭轉脖子尋太陽的回聲
我再度看到，長廊的陰暗從門縫閃進
去追殺那盆爐火
（《石室之死亡》第5首）

是誰？以從來福線中旋出來的歌聲
誘走我們一羣新郎
刀光所及，太陽無言
（《石室之死亡》第60首）

築一切墳於耳間，只想聽清楚
你們出征時的靴聲
所有的玫瑰在一夜萎落，如同你們的名字
在戰爭中成為一堆號碼，如同你們的疲倦
不復記憶那一座城曾在我心中崩潰
（《石室之死亡》第49首）

在戰爭中，人彷彿被扔擲到一個陌生的世界。他受制於無形的命運之神，也受制於自己體內的獸性，人成爲動物，成爲「一堆號碼」，成爲可憐的飄零者，並被「弄成一幅等死的樣子」，在某一「巨掌」中被雕塑、被搓揉、或被蹂躪。面對這一切，詩人奉獻於神的腳下的，「只有這憤怒」，於是，祈禱般的語調成爲《石室之死亡》的主旋律，這種語調使洛夫具有了鮮明的個人色彩。實際上，崇高的宗教與崇高的詩是相通的，都是一種召喚，對於人性的召喚，都爲的是人遠離獸性，而趨於人性或神性；另外，它們都要求一個人的心靈動作必須是用他的心、他的精神、他的靈魂而完成的。「宗教」般的熱忱，近乎呻吟的「禱告」，顯露的是一種博大的悲憫。有人說《石室之死亡》「近於神迹」，並不誇張。洛夫透過個人的情感經驗，把握的是宇宙性的悲哀：情欲創造了人，而戰爭又消失了人，人無法主宰自己，且生存在一個充滿危險與虛空的世界中，「母親在嬰兒的睫毛間夾著明日的隱憂，新娘亦是如此，危機在醉目中首次出現，每每在初夜被不相識的男人咬傷」，「世界乃一斷臂的袖，你來時已空無所有」。洛夫以「祈禱」般的語調來傾訴這悲哀，使得他所表現的所謂「生死同構」的觀念，不像古典中國文學的某些作品那樣超然、輕鬆，恰恰反而充滿了慘痛的呻吟、悲憤的抗議，充滿了對於人性尊嚴的呼喚，對於物質的、精神的「歸宿」之呼喚。

由某些欠缺構成

我不再是最初，而是碎裂的海
是一粒死在寬容中的菓仁
是一個常試圖從盲童的眼眶中
掙扎而出的太陽

（《石室之死亡》第16首）

在歡愉的節日裏我們以譏諷感恩
把太陽當作夏日唯一的收穫
神哦，我們怎能吞食你的預示
怎能以施捨當晚餐
而讓他們在前額上顯示自己的驕傲

（《石室之死亡》第27首）

為何一枚釘子老繞著那幅遺像旋飛不已
為何我們的臉仍擱置在不該擱的地方
假如一羣飛蛾將我們血裏的鐘聲撞響
便閃出火花來吧，這是唯一的結局
在床上，誰都經歷幾次小小的死

（《石室之死亡》第37首）

而我只是歷史中流浪了許久的那滴淚
老找不到一幅臉來安置

（《石室之死亡》第33首）

在戰爭中，人彷彿被出賣、被欺騙，人不得不懷疑原先所信奉的那些動聽名詞的眞實性，恰如海明威在《戰地鐘聲》(*A Fare Well to Arms*) 中所說：「『神聖』、『光榮』、『犧牲』和『徒然』等字眼一直使我覺得非常窘迫。這些字眼已經久爲我們聽慣。有時候是在雨裏，離開很遠，只有大聲叫喊出來的字眼才能讓我們聽到。我們也曾見到過這些字，在告示上——被貼告示的人貼在別的告示上的告示。然後我卻從來沒有見到過任何神聖的東西，榮耀的東西也未見得光榮，所謂『犧牲』也就好像芝加哥的屠宰場——只是前者把肉埋葬起來而已。有好些字眼令人無法忍受，結果就只剩下地名才是莊嚴的。有些數字和日期亦然。只有當你提到那些附有地名的日期或數字的時候，你的話才有意義。諸如『光榮』、『勇敢』、『榮譽』或『神聖』等抽象的字，和村名、道路的編號、河名、部隊的番號和日期等具體的字眼相形之下，前者顯得穢褻下流。」這種懷疑導致的是對世界採取反諷的態度，以冷嘲的筆觸揭示人類精神生活的貧乏與空虛。儘管在《石室之死亡》中，因了祈禱般的語調，情緒顯得相當激越，詩人的悲憤與悲憫，溢於字裏行間，反諷所具有的那冷嘲往往被掩蓋了，但強烈的懷疑精神，以及故意將一些莊嚴的事物以猥瑣的東西來表現等等，卻比比皆是。《石室之死亡》後，洛夫的許多詩在主題上仍是《石室之死亡》的延伸，但失去了後者的激情。不過，透過冷冷的筆調，對於生命、對於人性的那種厚重關懷，仍然懾人心魄：

我們委實不便說什麼，在四月的臉上
有淚燦爛如花
草地上，蒲公英是一個放風箏的孩子
雲就這麼吊著他走
雲吊著孩子
飛機吊著炸彈
孩子與炸彈都是不能對之發脾氣的事物
我們委實不便說什麼的事物
清明節
大家都已習慣這麼一種遊戲
不是哭

而是泣

（〈清明——西貢詩抄〉）

二十歲的漢子湯姆終於被人塑成
一座銅像在廣場上
他的名字被人刻成
一陣風

擦槍此其時
抽煙此其時
不想什麼此其時
（用刺刀在地上畫一個裸女
然後又橫腰把她切斷）
沒有酒的時候
到河邊去捧飲自己的影子
沒有嘴的時候
用傷口呼吸

死過千百次
只有這一次他才是仰著臉
進入廣場
（〈湯姆之歌——西貢詩抄〉）

一九七二年的長詩〈長恨歌〉則將歷史與現實壓縮在同一平面，將情欲與戰爭糾纏在一起，確是「一次現代與古典的斷裂、對峙與互撞。今天與歷史突然在碰擊中疊合：現代世俗與古代宮廷已今古難分，『蓋章』，狂亂的性動作的凡人生命，與『奉天承運』的帝王天命也莊諧混同，再不是唐玄宗使我們又穿戴起天寶年間的衣冠，而是我們讓唐玄宗在現代脫下了他的旒冕衮衣。」⑱洛夫在將白居易的愛情詩〈長恨歌〉進行改造時，通過時空的交錯，向我們展現了一種堪稱典範的「反諷」風格，蘊於這種風格之內的，乃是他對於人類生活的荒謬之深刻體驗。直到一九八七年，洛夫還創作了〈白色墓園〉這樣的詩，主題仍與《石室之死亡》一脈相承：戰爭帶給人類的傷殘。他以怵目驚心的「白」，雕塑了一排排「石灰質」的臉。

對於人類生活的荒謬之體察，有時並不與戰爭有關，而是由日常的生活情景引起。由於詩人的眼光較常人敏銳，詩人的洞見也較常人深刻，所以，能從那些最平凡的場景中，發掘一些不平凡的意蘊，能化腐朽爲神奇。洛夫的詩，尤其是後期的詩，喜歡採取意象並置的策略，冷冷地將

⑱ 任洪淵〈洛夫的詩與現代創世紀的悲劇〉載於《詩魔的蛻變》。

某種生活場景全般托出，令人深思不已，並從這些熟悉的事物中體味到人類生活非理性的一面，這種詩是現實的、是批判的，但更是超越的、智慧的。如那首小巧精緻的〈剔牙〉：

中午
全世界的人都在剔牙
以潔白的牙籤
安詳地在
剔他們
潔白的牙齒
依索匹亞的一羣兀鷹
從一堆屍體中
飛起
排排蹲在
疏朗的枯樹上
也在剔牙

以一根根瘦小的
　　肋骨

葉維廉對這首詩有過這樣的分析：「這首詩中有多重技巧在運作。㈠用宇宙大的角度來看一件幾乎沒有人注意的瑣碎日常事，由於被擴大到全世界（彷似鏡頭逼我們凝注），便沾上非比尋常的氣氛；㈡我們當然知道在現實中不可能，因爲全世界各地的中午都在不同的時間，所以我們知道這是作者一種奇思的遊戲。……㈢作者突然由人的世界轉向動物的世界：兀鷹用肋骨剔牙，這在現實中是不可能的。但由於這個新的奇思、戲謔的事件和前一個事件的並置，我們瞿然驚覺到新的意義。我們覺得兀鷹用肋骨剔牙之可怖，因爲這表示滿目屍骨，骨表示人的腐死；但牙籤不也是一種死嗎？牙籤就是樹的骨，是自然事物的死。樹的死好像是應該的，我們不驚不覺；人的死便是殘酷可懼。公平嗎？詩人沒有說，他只讓我們看到，讓我們想；㈣……依索匹亞近年的饑荒和白骨累累這也是人爲的，不全是自然的狂暴。……」⑲另外像〈華西街某巷〉等詩，都是以戲謔的態度表現「令人不得不想的社會現象，以及對這種現象中呈現社會不平的批判」⑳。新近出版的詩集《天使的涅槃》中，〈城市悲風〉等一批詩歌，可以說是上述一類詩的發展，以近

⑲ 葉維廉〈洛夫論〉，載於《詩魔的蛻變》。
⑳ 同⑲。

於褻瀆的口吻，或者戲謔的姿態，撕開生活中常見的「正經」現象，毫無遮掩地展示其貧乏與荒謬的一面。對於現實採取超然的「批判」態度，乃是詩人的良心所決定的。我曾在一篇評簡政珍詩的短文中說過：「對於現實的態度是取著超越的態度。超越可以是逃避的，也可以是反諷的，簡政珍的超越當然不帶任何逃避的傾向（他詩中表現出的那種直視人生的態度令人肅然起敬），但反諷的意味卻很濃厚，同時，還有更多的悲憫（不是同情式的或施捨式的憐憫，而是洞察了衆生相背後的悲謬而升起的無奈與關懷）。面對人生的悲涼與荒謬，他保持了作爲一個知識分子所具有的良心與智慧，既是批判的，也是包含著深情厚意的。」這段話同樣可以用來說明洛夫的詩。

隔絕的飄零，戰爭的創傷，人生的蒼涼與荒蕪，似乎使洛夫更強烈地感受到了時間的流逝，感受到了所有的一切，在時間的河流上，最終都歸於空茫。《石室之死亡》中他就已意識到：「當時間被抽痛，我暗忖，自己或許就是那鞭痕。」時間喚起的，是傷痕累累的過去，是無數次理想與希望的失落：

……1

月光的肌肉何其蒼白
而我時間的皮膚逐漸變黑

在風中
一層層脫落
…………

4

至於我們的風箏
被天空抓了去
就沒有一隻完整地回來過
手中只剩下那根繩子
猶斷未斷

5

只要周身感到痛
就足以證明我們已在時間中成熟
根鬚把泥土睡暖了
風吹過
豆莢開始一一爆裂

7

那年我們在大街上唱著進行曲
昂然穿過歷史
我們熱得好快
如水
滴在燒紅的鐵板上
黃卡嘰制服上的名字
比槍聲更響
而今，聽到隔壁軍營的號聲
我忽地振衣而起
又頹然坐了下去
且輕輕打著拍子
（《時間之傷》）

洛夫的詩歌中有許多所謂「時間濃縮法」的句式，如：「左邊的鞋印才下午，右邊的鞋印已黃昏了」、「一仰成秋，再仰冬已深了」等，這些句式當然不僅僅是技巧，而是詩人整個心境的顯現。對於時光流逝的感嘆，不是來自於「人生如夢」的簡單想法，而是有著更爲深刻的個人的、歷史的鬱結。只有有所求索、有所企望，才有可能體會到時光的無情。

結語

我們已經約略分析了洛夫詩中精神世界的各個方面，實際上也指出了洛夫詩歌悲劇意識的形成及內涵。無論從哪一個方面，我們都可看到一個對於人羣、對於生命無限關懷的洛夫，我們都可看到一個以博大的悲憫去觀照人生的洛夫。誠如他自己在《時間之傷》詩集的序言中所說：「世事如此，個人之際遇如此，尤不幸的是我對生命和現實又害有一種不可救藥的高度的敏感症，想在詩中說謊騙騙自己亦有所不能。於是，結論又回到十七年前我說過的那段老話：『攬鏡自照，我們所見到的不是現代人的影像，而是現代人殘酷的命運』，寫詩卽是對付這殘酷命運的一種報復手段。」但表現「時間之傷」也罷，或「個人的苦難、人羣的不幸」也罷，如果沒有某種超越，沒有一定的語言、意象，那麼終究無法形成悲劇之美。洛夫之所以吸引我們的，也正是他善於將個人、歷史與現實相貫通，將語言與生命體驗相溶合，從而將悲劇意識轉化成悲劇美學，使他成爲現代中國詩歌史上極少的幾位能臻達悲劇境界的詩人之一。

第四章　洛夫詩歌中的莊與禪

I

莊指莊子哲學，禪指禪宗。

禪宗乃印度佛教自唐代以後在中國的變種，而禪宗之所以能夠在中國生根開花，或者說，之所以能被「中國化」乃在於：中國本土的莊子哲學（以及魏晉的玄學）在精神上與禪宗有相通之處，中國的士大夫往往無意識地以莊子哲學爲根基去吸收、容納禪宗。正如徐復觀所說：「一般人多把莊與禪的界線混淆了，大家都是禪其名而莊其實，本是由莊學流向藝術，流向山水畫；卻以爲是由禪流向藝術，流向山水畫。」❶儘管禪佛教本身與莊子哲學在學理上有著重要差別，但

❶ 徐復觀《中國藝術精神》（春風文藝出版社，一九八七），頁三二七。

它在「中國化」的過程中，愈來愈與莊子哲學相混淆，或者說，相合流，而在一般人心目中，幾乎成爲同一種東西。尤其在今天，透過重重的歷史迷霧，許多枝枝節節完全被隱沒了，禪與莊子越加顯得無法區分，對西洋人來說，禪與莊子哲學幾乎成爲東方式藝術思源和東方式人生觀的哲學基礎。當西洋人使用東方神秘主義這個術語時，主要指的是莊子與禪宗。對於現代詩人而言，爲拓展藝術表現力而回溯古典東方尋求營養時，也常常將莊禪視爲同一種東西，至少，他們感性地認識到的，往往是莊禪共有的特質。

唐代以後，禪宗與莊子哲學的合流，奠定了中國古典藝術的基本精神，也形成了典型的中國式的藝術思維方式：以直覺觀照爲手段追求自然、凝煉、含蓄的美學境界。「這使中國士大夫文學藝術形成了與其他民族、其他階層的文學藝術迥然不同的藝術風格。它偏愛寧靜、和諧、澹泊、清逸，而蔑視衝動、激烈、豔麗、刺激，它注重哲理與情感的表現，而忽略物象的再現與描摩，它長於抒情寫意，而短於敘事狀物。」❷

二十世紀西洋哲學、文學思潮，有意無意地促使莊禪在現代重新獲得生命力。有人說莊子乃在古代的存在主義，也有人認爲，後現代主義（Post-modernism）轉向禪佛教而創造「沉默的文學」（The literature of silence），都顯示了現代文化的發展，以及現代文學的發展，可

---

❷ 葛兆光〈禪宗與中國士大夫的藝術思維〉，載於《佛教與東方藝術》（吉林教育出版社，一九九一）。

以從莊禪中獲得相當的啓示。換一種說法，即，莊禪能夠爲現代文化中的某些困境提供解決的途徑，能夠爲現代文學的創新提供嶄新的視角，尤其是對現代詩的藝術表現力之強化，提供了充滿希望的前景。二十世紀以降的現代文化，一個中心的問題是「異化」(alienation)，人與自然的疏離，人與傳統的疏離，人與社會的疏離，總之，人與自己所創造之產品（精神的、物質的）的對立，使人越來越走向自己的反面：非人。卡夫卡的小說最觸目驚心地描繪了這種「異化」的情境，艾略特（T. S. Eliot）的《荒原》展現了這種疏離所造成的心靈空間：一片乾枯的等待著拯救的荒原（*The Waste Land*）。於是，渴望解脫之道成爲人類的熱切追求，在此種追求中，莊禪顯示了獨特的魅力。莊禪所努力的，正是要向人類指出掙脫桎梏走向自由的道路，指出如何從有限昇華爲無限的超越。莊子哲學中充滿對「人爲物役」的抗議，他要求「不物於物」，要求恢復和回到人的「本性」。莊子所有的關心都集中於個體生命的存在，他悲哀於人生的勞碌與束縛，使生如同死，使生活失去價值。因此，他塑造了所謂的「至人」、「眞人」、「神人」，作爲一種理想人格，並以這種人格來超越苦難和生死大關。禪宗在這一方面有更進一步的傾向，「如」(suchness)或「如其本然」(as-it-is)乃禪宗的重要概念。禪宗認爲，人類因外在的物慾、規範、名分等，使自己與「如」分離，永遠不能「如我們本然」，永遠只能從外部觀察自己，而禪的根本目的，即是要消除這種分離，回復到「如」。莊子與禪宗一樣，並不企求從外界重新構建一個理想的超自然世界，來對抗現世的煩惱與桎梏，恰恰相反，莊禪乃企求在現世的煩惱和桎梏中依靠個人的「本心」來達臻超越。恰如青原惟信禪師所說：「未參禪時，見山是山，見水是水；既參禪後，見山不是山，見水不是水，可是禪悟之後眞能得個休息時，見山又是山，見水又是水。」山水都是原來的山水，卻因了禪悟而具有不同的境界。歸根結底，莊禪宣揚的並不是要人們脫離或逃避現實的世界，而是要人們去「如其本然」地生活，從現世中悟「道」，從而改變自己的處境；更確切地說，是要人們用藝術的態度去生活。藝術的人生，正是東方智慧的結晶，也是東方式的快樂之源泉。禪莊的此種解脫之道，對於因異代而處於憂慮之中的人們，自然極富吸引力，這大約就是莊禪在現代被重新激活的原因之一。

莊禪之所以能同文學發生緊密的聯繫，也同它們追求掙脫桎梏走向自由的本質分不開，因爲文學的本質也正在於此。雅斯培（Jaspers）說：「因在藝術作品觀賞之中，對藝術成爲我自己的東西，而給人產生出感動、解放感、快樂感、安全感。在合理之中，難接近於絕對；但作爲直觀的語；（藝術）在完全當下呈現的完結性之中，沒有任何的不滿足。一面打破日常性，又一面忘卻存在之實在性；人會經驗到一大解放。在此解放之前，一切的憂慮與打算、快樂和苦惱，卻好像於一瞬間消失了。然而，在次一瞬間，人又一面僅僅想起拋棄了自己的美，而急轉直下，返回到現存在之中。」「觀賞藝術這種事（卽美的觀照），不是什麼中間地存在，而是一種別樣的存在，……藝術一面照出現存的一切深淵與恐懼；但在此處，是在較之最明晰地思維更爲透徹的、確信存在的明朗意識之中，光明充滿了現存在。此時，人不僅離開了與奮與熱情，瞥見了一切東西在此所止揚的永遠性；並且人自己也好像在永遠之中一樣。」❸這就是說，「人在美的觀照中，是一種滿足，一個完成，一種永恒的存在，這便不僅超越了日常生活中的各種計較、苦惱；同時也超越了死生。」❹藝術的這種作用，正與莊禪哲學暗合。另外，藝術的創作無非是對我們日常生活的重整，而達臻「去熟悉化」(defamiliarization)的境界，在此種境界中，一切都彷彿是日常的生活，但一切又都彷彿是不平常的另一種生活。所謂「平淡中見不尋常」、「化腐朽爲神奇」，就是這個意思。莊禪從桎梏走向自由，也無非是憑藉著「頓悟」，而對於日常的生活有重新的認識，從而使人生的境界得到昇華。「面對世俗的是『忘己』、『喪我』，於是，在世俗是非之中，卽呈現出『天地精神』，而與之往來，這正是自我的超越。」藝術與莊禪都是憑了這種自我的超越，來達到最終從桎梏走向自由的目的。

具體而言，現代文學從莊禪中獲得的啓示，更多地體現在藝術表現力上，或者說，藝術思維上。文學與莊禪一樣，存在著思想與表達之間的矛盾。文學作爲一種語言的藝術，並不以語言表達爲終點，它終極的目的恰恰是要超越語言，表現語言無法表達的東西。莊禪以「無言」爲最高境界，尤其是禪宗，明明白白地以「教外別傳，不立文字，直指人心，見性成佛」爲宗旨，語言的運用只會落於概念的、名分的羅網，所以，禪宗主張徹底摒棄語言，一切都在個體自身的體驗

---

❸ 徐復觀《中國藝術精神》，頁九七。

❹ 同❸。

之中，一切都無須表達，「一說便俗」，「說似一物便不像」，這是禪宗常見的觀念。禪的核心就是「不可說」，但是，禪宗仍不得不使用語言來說，不可表達卻還要表達。這種矛盾使禪宗把「日常語言的多義性、不確定性、含混性作了充分的展開和運用；而且，也使得禪宗的語言和傳道非常主觀任意，完全不符合日常的邏輯和一般的規範。」❺而這，對於現代文學，尤其對現代詩的藝術表現力，給予了相當積極的啓示，也引起人們思索如何提高文學語言的潛能與張力。

Ⅱ

由於五四時期激烈的反傳統思想，二、三十年代，直至五十年代的中國現代詩人，很少自覺地向古典詩歌中去尋求營養。即使像卞之琳、廢名這樣「古典」情調極濃的詩人，也要說自己是受歐美現代主義（modernism）詩的影響。卞之琳就說自己的意境營造主要受歐美現代詩「戲劇性情景」的影響。似乎在很長一段時間裏，中國的詩人都沒有意識到歐美現代詩在藝術思維中曾受到中國古典詩的影響。這確是一件耐人尋味的事；一九一九年左右，美國詩人龐德（Ezra Pound）說：用象形構成的中文永遠是詩的，情不自禁的是詩的，而約略在同時，中國的傅斯年

---

❺ 李澤厚《中國古代思想史論》（人民出版社，一九八五），頁二〇三。

先生說，象形字乃野蠻的古代的一種發明，有著根深柢固的野蠻性，應該廢止云云❻。大約到七〇年代前後，臺灣的一些詩人才自覺或不自覺地意識到了現代詩與古典詩在美學上的滙通。葉維廉相當全面地在理論上總結了歐美現代詩與中國古典詩在美學上的相通之處，爲中國本土現代詩的發展提供了許多有益的啓示。許多詩人也開始有意地吸取古典詩歌的營養，來拓展現代詩的表現力。

其中，洛夫自覺地將禪宗的思維方式引入詩歌創作，不僅使他自己的詩呈現出某種轉機，也爲中國現代詩的發展提供了有意義的實驗。早在六十年代初，洛夫就說：「超現實主義的詩進一步勢必發展爲純詩。純詩乃在於發掘不可言說的隱秘，故純詩發展至最後階段卽成爲『禪』，眞正達到不落言詮，不著纖塵的空靈境界。」❼近來，他又多次提到自己是以禪宗的方式寫詩。那麼，洛夫在理論上所體悟到的禪宗方式具有哪些內涵呢？

㈠主體與客體的融合：這是洛夫多次強調的觀念。在詩集《魔歌》的自序中，他說：「詩人首先應把自身割成碎片，而後揉入一切事物之中，使個人的生命與天地的生命融爲一體。作爲一個詩人，我必須意識到：太陽的溫熱也就是我血液的溫熱，冰雪的寒冷也就是我肌膚的寒冷，我隨雲絮而遨遊八荒，海洋因我的激動而咆哮，我一揮手，羣山奔走，我一歌唱，一株果樹在風中

❻　葉維廉《比較詩學》（東大圖書公司，一九八三），頁二七。
❼　洛夫《石室之死亡·自序》，載於《詩人之鏡》。

受孕，葉落花墜，我的肢體也隨之碎裂成片；我可以看到『山鳥通過一幅畫而溶入自然的本身』，我可以聽到樹中年輪旋轉的聲音。」在〈裸奔〉這首詩中，他用詩的意象表達了人與自然的融合：

山一般裸著松一般
水一般裸著魚一般
風一般裸著煙一般
星一般裸著夜一般
霧一般裸著仙一般
臉一般裸著淚一般

人與宇宙的萬物完全同代爲「一」。在詩集《月光房子》的自序中，他強調：「一個詩人如何能將此心一分爲二？不論探索現實，或表達形上思維，不論感或知，都是出於一心，實不能強分。」這都與莊子的「我與萬物合而爲一」、「人與天地參」的說法一脈相承。禪宗則認爲，人是自然不可分割的一部分，人卽自然，自然卽人，人與自然應圓融無礙地並存。佛心無所不在，人應當學會從萬物的觀點去看世界。禪的體驗中，不太具有人格性色彩，不太涉及人格的因素，不像基督教中常出現，如「聖父」、「神子」、「擁抱」那樣的詞彙。禪的體驗沒有個人的或人類的虛飾，一切都是自然的，一切都是平淡的。因爲在禪的體驗中，萬法歸一，人與山山水水，人與日常的生活，完全融爲一體，分不清你我。禪體驗展現的乃一混沌的世界，在這世界中，生命獲得永恒的寧靜。這種主客一體的觀念，在詩歌創作中的運用，會促使詩人的心靈與萬物相擁抱、相消融，創造出富有生命感的境界，如王維的詩：「木末芙蓉花，山中發紅萼，澗戶寂無人，紛紛開且落。」一片和諧的世界，詩人的心靈完全浸溶於自然之中，人卽辛荑花，辛荑花卽人。對於現代詩人而言，禪宗的這種主客一體觀念，使他們更多地將目光投向平常的生活情境，而不是山水。現代詩中盛行以「不入詩」的事物入詩，或者說，表現出「反詩」的，反抒情的傾向，不能不說是受到莊禪世界觀的啓發。

㈡以有限暗示無限。在《魔歌》自序中，洛夫曾說：「基本上，我的一貫詩法是以小我暗示大我，以有限暗示無限。」在後來的一些文章中，也屢次提及此一詩法。禪宗認爲，我們的存在是有限的，我們不能生活在時間和空間之外，就我們作爲地球上的被造之物而言，我們沒有任何方法抓住無限的東西，我們只能在有限的事物中尋求超越，在有限的事物之外，沒有無限的東西。莊禪均將超越立足於有限的事物之中，也卽現世生活本身。一位禪師說：「當你悟了以後，可以在一片草上看到用寶石造成的宏偉宮殿」，也就是說，當你獲得某種靈視時，你能從一粒沙中看到整個世界，從瞬間把捉到永恒。這大約就是洛夫「以有限暗示無限」的深刻含義。

㈢反邏輯的直觀方式：洛夫注意到了禪宗中反邏輯的直觀方式在詩歌創作中的意義，在〈超現實主義與中國現代詩〉一文中，他認爲超現實主義的強調潛意識的功能，正與禪宗的反對邏輯知識，追求覺性圓融、直觀自得相同。他引了一段禪家的對談來作說明：

趙州從諗禪師參南泉，問：如何是道？泉曰：平常心是道。師曰還可趣向也無？泉曰：擬向卽乖。師曰：不擬，爭知是道？泉曰：道不屬「知」，不屬「不知」。知是幻覺，不知是無記。若真達不疑之道，猶如太虛，廓然蕩豁，豈可强是非耶？

既不是「是」，也不是「不是」，這是禪的玄妙之處，也是所謂「般若直觀」的特徵，般若波羅蜜經中經常出現這句話：「我不是我，因此我是我。」這是禪的「邏輯」，這是禪的「直觀方式」。引用到詩歌創作中，可以產生許多「矛盾語」。洛夫在分析周夢蝶的詩歌時，曾指出了這一點。他說：「所謂矛盾語法就是一種似非而實是的說法。老子的『禍兮福所倚，福兮禍所伏』，就是最佳的例子。」❽禪宗的反邏輯直觀方式啓示著詩人打破日常的邏輯秩序，將世界進行重整，給人以強烈的驚喜感。因時，現代詩歌中那種反常的似乎不合邏輯的「意象」，實際上

---

❽ 洛夫《詩的探險》（黎明文化事業公司，一九七九）頁二三〇。

與禪的公案一樣，說的是不合理而生動的話，反映的是心靈的最高眞實。

洛夫對於「禪宗方式」的認識，在理論上大都集中在上面幾點，但就他的實際創作而言，不可能與他的理論完全一一對應，因爲創作時無意識的或偶發性的因素也會起一定的作用。所以，談到「禪宗方式」到底在洛夫的詩中如何體現，似乎只有以禪宗的觀點去分析洛夫的詩歌，才能有所把握。

III

洛夫的生死觀深具莊子哲學的色彩。

他在散文〈春之札記〉中說：「叔本華認爲，死亡可以結束我們的生命，卻無法結束我們的存在。我的體認剛好相反，死亡只是存在的消失，而非生命的結束。事實上，「存在」只是我們感覺中的一種形式。某種事物的形式，到了某個時候就會消滅，但並不就是這一事物本身的消滅，因爲它的生命仍可以另一種形式呈現出來。宇宙中形式變化不居，而生命永存。」試讀下面洛夫《石室之死亡》中的詩句：

死亡的聲音如此溫婉，猶如孔雀的前額　（《石室之死亡》第12首）

他們就這樣選擇墓塚，羞怯的靈魂，
又重新回到湫隘的子宮
（《石室之死亡》第13首）

美麗的死者，與你偕行正是應那一聲熟悉的呼喚
驀然回首
遠處站著一個望墳而笑的嬰兒
（《石室之死亡》第36首）

世界乃一斷臂的袖，你來時已空無所有
（《石室之死亡》第53首）

死亡是人類生活有限性的終極體現，因爲死亡斷絕了所有的可能性，死亡意味著一種徹底的完結，同時，死亡意味著一種徹底的無差別，無論富者、窮者，還是卑鄙者、高尚者，都無法阻止它的降臨。死亡也意味著永遠的不可知，因爲誰也無法死而復生。莊禪企圖以泯滅生與死的界線來超越死的有限。莊子把「死」不看作拯救，而看作解放，「死，無君於上，無臣於下，亦無四時之事，縱然以天地爲春秋，雖南面王樂，不能過也。」（《莊子．至樂》）這是一種審美性的超越。莊子的「以生死爲一條」，大約包含了這樣的感受：一是無奈的心情，所以他常常說要「安時而處順」，死是無法規避的，人只有坦然接受，但這「坦然」之中，卻含著無限的悲哀。

二是他認為「指窮於為薪，火傳也，不知其盡也」。(《莊子‧養生主》)這是以死即生，死是另一種生來安慰自己。三是他具有「物化」的觀念，即「其死也物化」(《莊子‧天道》)，即死亡使人擺脫了一切形役、一切外物束縛，而融入大化之中，與萬物合為一體❾。禪宗則更進一步強調參透生死關，對生死無所住心，視世界、物我均虛幻，不重生也不輕生，無所謂生也無所謂死，任何事物既有意義也無意義，在「頓悟」中，一切皆成「空無」。一般而言，禪莊給人的印象都是「齊生死」的哲學。洛夫的詩，無論前期，還是後期，都流露出「生兮死所伏，死兮生所伏」的觀念。在《石室之死亡》中，這種「達觀」蘊含著反抗的、受傷害的感情，所以，悲憤之情溢於言詞之間。當他反覆抒發生即死、死即生的觀念時，他著重的恰恰是對於死亡的無奈甚至恐懼。但在後期的詩作中，洛夫此種觀念的流露，往往帶著某種理趣，是對世界萬物的沉思冥想所致，個人性的情感被昇華為宇宙性的哀感。如〈焚詩記〉：

把一大疊詩稿拿去燒掉
然後在灰燼中
畫一株白楊

---

❾ 徐復觀《中國藝術精神》，頁九五。

推窗
山那邊傳來一陣伐木的聲音

詩稿的燒掉意味著某種「死亡」，但在灰燼中卻又能畫出一株極富生命象徵的「白楊」。最耐人尋味的乃是：山那邊傳來伐木的聲音。伐木意味著某種「生機」的被扼殺。這麼一首短短的詩，將人世間的生生死死，表現得極爲充沛而蘊藉。另一首一九八九年創作的詩也是寫焚詩：

把一首
在抽屜裏鎖了三十年的情詩
投入火中

字
被燒得吱吱大叫
灰燼一言不發
它相信
總有一天

那人將在風中讀到

詩被「焚燒」，實際上是蘊藏了三十年的「情」被焚燒，但並不會消失，而相信有一天「那人將在風中讀到」。愛的哀情，在這種「理趣」的玩味中，完全昇華爲一種普遍的體悟，使我們對一切的「有情」，俱感到審美的超越。再如〈曇花〉一詩：

反正很短
又何苦來這麼一趟
曇花自語，在陽臺上，在飛機失事的下午
很快它又回到深山去了
繼續思考
如何再短一點

這裏沒有任何論述性的成分，只是寫了曇花的開放卽又凋謝，寫了那個下午正好有飛機失事，寫曇花回到深山後繼續思考：如何，再短一點。人的生命在瞬間死亡，正與曇花的凋謝相似。生死的無常，生命的短暫，都呈現於這一幅平淡的意象中。但是，「又何苦來這麼一趟」的疑問，以及又回到深山的思考，卻令人遐想萬千，引導人們去參悟生與死的謎。確實，一切的死亡都是悲哀的，但也是美麗的，因為一切的死亡也都意味著另一種生。所以，洛夫在〈秋之死〉中會說：

秋，美就美在
淡淡的死

在生死的輪廻中，世界彷彿變成「虛空」、「虛無」，或如禪家所說的「四大皆空」。許多人都曾言及洛夫詩中的「虛無思想」，但值得注意的是，許多人往往籠統地將「虛無」視作一般性的詞彙，認為是消極、頹廢的東西。這是不符合莊禪中「虛無」之眞正含義。洛夫曾精闢地指出，所謂虛無，「只是一種無我無物而又有我有物的精神境界」，並認為，在一切藝術中，「虛無均是一種超越的至高境界」❿。禪宗中的「無」乃存在之所以存在的根本，它不受內外一切現象的遮蔽，遍及精神物質一切現象，不分遠近、大小、深淺、粗細和明暗，凡聖、貴賤等，也無

❿ 洛夫《石室之死亡·自序》，載於《詩人之鏡》。

他外之分，無界限之分，在空間上無限，在時間上永恒，無始無終，不生不滅，是主體的主體，是完全自在的主體。從「了了見無一物，亦無人，亦無物」、「本來無一物」中的「無」，可以領會禪宗中「無」或「空」的深刻含義。這種「虛無」的思想，一方面促成了洛夫詩歌中物我交融的氛圍，另一方面，也促成了他詩歌中對於衆生界的「悲憫」情懷。一切的衆生，蒙昧於生死的拘束，侷促於規範名利的窠臼，當詩人以某種超越感去審視這一切時，他不能不感到人生的荒謬，不能不感到生命的猥瑣，不能不感到萬般的「虛無」。早期的「抽屜裏只有賣不掉的詩」那聲嘆息中，已經隱含了洛夫對於衆生、對於現世環境所具有的對抗心理，只是到後來，隨著閱歷的增加，人生經驗的豐厚，這種對抗心理轉化成超越的視界。所以，在洛夫對於「虛無」的深刻體驗中，也包含著對於世俗社會的批判，這種批判因了「禪宗的方式」，顯得雋永、不動聲色，處處是平常，又處處是不平常。

因爲生死的體悟，必然會感受到時間的流逝，洛夫在〈屋頂上的落月〉一詩中有這麼幾句：

而，比秋寒更重的
是未曾曬乾的衣服
是隔壁
自來水龍頭的漏滴

他在散文〈獨飲小記〉中說：「一切對永恒的定義、注釋、辨解，都不如那水龍頭的漏滴所說明的來得更爲周延、更爲確切，因爲滴嗒之間，便是永恒。」禪宗追求永恒，但這永恒的實現卻要借助某一具體的瞬間，瞬間卽永恒，永恒在於瞬間。但是，就洛夫前期的詩作來看，他從瞬間，或者說，他從時間的流逝中，獲得的不是永恒的「解放」，而恰恰相反，他在詩裏渲染的，是對於時間流逝的敏感、無奈、悲哀：

水中的面容就是早歲
早歲的自己？問著問著
一株水仙躍起向我撲來
順手抓去
撈起的竟是滿把皺紋
我出神地望著
池中那座舉起一隻精巧小雞雞的
天使
而茫然

在時間的另一端

（〈水中的臉〉第二・三節）

直到《月光房子》詩集中的詩，洛夫對於時間的感受才顯出十足的禪味，如《月光房子》詩集中的最後一首詩〈臨流〉這樣寫道：

站在河邊看流水的我
乃是非我
被流水切斷
被荇藻絞殺
被魚羣吞食
而後從嘴裏吐出的一粒粒泡沫
才是真我
我定位於
被消滅的那一頃刻

從消失的一頃刻間，獲得「眞我」，獲得「永恒」。

不過，總的來看，與周夢蝶這樣的詩人相比，洛夫詩歌的禪趣之形成，並不主要靠「佛理」、「禪理」的引進詩中，而更多地表現在意象的經營、語言的組合上，引進了禪的思維方式。如果說，像廢名、卞之琳、周夢蝶這樣的詩人，更多地接受了禪佛教的人生觀，而使他們的詩彌漫著幽遠、懷古、蒼涼的情調，那麼，洛夫對於禪宗的興趣，幾乎是出於藝術上的一種自覺，他更多地將禪宗作爲一種藝術思維方式，溶入自己的詩歌創作。他在《石室之死亡》中表現出來的「生死同構」的觀念，幾乎是他面對苦難與死亡時情不自禁的反應。

Ⅳ

當禪師們不可表達卻又非要表達時，他們常常避開正面的問題，只是向你呈現一幅具體的物象，以此來超越邏輯的限定，以及語言的或概念的限定。「君問窮通理，漁歌入浦深」，「心不言兮何物，墨畫中有松風音」。這種對於問題的跳躍性回答，實則上是故意製造某種思維上的「空白」，以達到沉默的效果，一切都在「不可言說」之中迎刃而解，一切都在「不可言說」中圓融無礙。禪宗中充滿著這樣的對話：

道悟問石頭：「如何是佛法大意？」

石頭曰：「不知得不」

道悟：「向上更有轉處也無？」

石頭：「長空不礙白雲飛」

玄則問：「如何是佛？」

青峯回答：「火神來求火」

一個和尚問：「什麼是真理階段？」

禾山說：「我會打鼓」

這樣的回答都不是邏輯推理所能包含的，而是禪宗所謂的「般若直觀」超越於邏輯知識之處，這種直觀方式引用到詩歌創作中，有助於意象之間「空白」的形成，造成聯想上的飛躍，而使詩的表現充滿暗示性。洛夫有許多詩都是以此種方式組織意象，相當成功。試舉如下幾首：

香煙攤老李的二胡

把我們家的巷子

拉成一綹長長的濕髮
院子裏的門開著
香片隨著心事 向
杯底沉落
茶几上
煙灰無非是既白且冷
無非是春去秋來
你能不能為我
在籐椅中的千種眈姿
各起一個名字？
晚報扔在臉上
睡眼中
有
鳥
飛過

對於第三段問題的回答是一幅具體的物象：有鳥飛過時晚報扔在臉上。禪趣的形成正在這種答非所問。「爲千種眈姿」「各起一個名字」，實則是分別心，是對於世界一種推理的求索，而詩中的回答卻以一幅漫不經心的畫面，消融了這種分別心和求索。存在本來就是如其本然的，本來就是那麼順其本性的，就像晚報扔在臉上，就像睡眼中鳥兒的飛過，那麼平常。恰如東坡的詩：「人生到處何所似？應似飛鴻踏雪泥；泥上偶然留指爪，鴻飛那復計東西！」一切的存在都處於消逝之中，所有的消逝或許都會留下痕迹，但人又何必去計較這些痕迹呢？何必去爲正在消逝或已消逝的東西去起一個名字呢？這是一種虛空的感嘆，但又似乎在瞬間中把握到了永恒而產生某種充實自足的情調。在這裏，禪的境界與詩的境界完全融合爲一，「平常心」與「佛心」融合爲一。

晚鐘
是遊客下山的小路
羊齒植物
沿著白色的石階
一路嚼了下去

如果此處降雪

而只見
一隻驚起的灰蟬
把山中的燈火
一盞盞的
點燃

（〈金龍禪寺〉）

對「如果此處降雪」的回答完全違反了常理，似乎與問題完全不相干。以眼前的視覺形象：驚起的灰蟬與山中的燈火來代替回答，使這個問題成爲一懸疑，成爲一大空白，給讀者無限想像的餘地。同時，這個問題也使詩的意象空間有所切斷、有所跳躍，再如：

那會是另外一個人的聲音嗎？

總在雨後
總在鐘聲輕輕推開寺門的時候
澗水邊
一朵山花

在一瓣瓣地剝自己的臉
（〈秋日偶興〉）

你曾指著
荷葉下一隻水鳥問
它在獨自孵些什麼？
事隔經年
終於有了答案
當他獨霸池邊那張座椅
將一雙空手
伸向茫茫的夜色
（〈植物園小坐〉）

在禪的思維方式中，對於問題，往往是不回答，或者答非所問，或者以反邏輯的方式作答，更有甚者是代之以棒喝，終究目的，是要喚起無分別之心，是要衝破邏輯知識的樊籬，而以無分別的「本心」去感受世界。對詩歌而言，這種思維方式的引用，產生的是「沉默」的境界，是一種永恒的美的閃現。

V

「矛盾語」的運用也能使詩產生「禪趣」。

禪師們爲了開導學生，說了許多生動而不合理的話，如：「花不是紅的，柳也不是綠的」、「空手把鋤頭，步行騎水牛，人在橋上過，橋流水不流」、「張公飲酒李公醉」等等。亞伯(Masao Abe)說：「這並不是曖昧不明的話，而是禪的圓融無礙的一種表述，……禪的圓融無礙又與每個人、動物、植物和事物的獨立性和個性不可分地連結起來」，「在禪的自我覺悟中，每一個體存在，不管是人、動物、植物還是物，都如『柳綠花紅』所表述的，在其個體性上顯示了自身，然而，又如『李公喝酒張公醉』所表述的，每一事物又都和諧地相交融。」⓫

據簡政珍說，洛夫詩中的意象常常由主客易位而形成⓬：

光在中央，蝙蝠將路燈吃了一層又一層（《石室之死亡》第5首）

當鏡的身分未被面貌所肯定（《石室之死亡》第42首）

⓫ Masao Abe，《禪與西方思想》（上海譯文出版社，一九八九），頁二四、二七。

⓬ 簡政珍〈洛夫作品的意象世界〉，《中外文學》十六卷一期。

你知道河為什麼要緊緊抓住兩岸　　（《外外集・邏輯之外》）

城市中我看到春天穿得很單薄　　（《石室之死亡》第18首）

把這條河岸踏成月色時　　（《魔歌・白色之釀》）

自從路，一口咬住了鞋子　　（《魔歌・致詩人金詩堡》）

枯葉愛火　　（《魔歌・大地四之歌》）

廣場上／鴿子啄去了我半個下午　　（《時間之傷・廣場》）

風摺疊著湖水／時間摺疊著臉　　（《時間之傷・童話》）

如何相信屋頂上的月亮
確確切切是

按照月餅的模子壓出來的

（《釀酒的石頭‧驚秋》）

以常理而言，這些句子都有「矛盾」，都不「合理」，蝙蝠怎能吃路燈？路怎能咬住鞋子？鴿子怎能啄去半個下午？但以禪的眼光而言，主客融為一體，互不可分，正是我們存在中的最高眞實。以詩的審美效果而言，這確實「使現有既定熟悉的世界調整為不熟悉而顯現新鮮感的經驗」。日常生活中「不可能」的事，在禪的領域或詩的領域卻是「可能的」：

唐詩中那只焚著一把雪的
紅泥小火爐

（〈獨飲十五行〉）

把河岸踏成月色時
水聲更冷了
我便拾些枯葉燒著
且裹著身子
躍進火中
為你釀造

雪香十里　（〈白色之釀〉）

從火中釀出「雪香」，恰如王維的畫中，「畫花往往以桃杏、芙蓉、蓮花同畫一景，」又於雪景裡畫葱綠的芭蕉，畫伏生，「不兩膝著地用竹筒，及箕踞而坐，凭几伸卷」。不可能之事均在心眼中成爲可能，成爲審美上的驚喜。再如下面洛夫這些句子：

伸手抓起
竟是一把鳥聲　（〈隨雨聲入山而不見雨〉）

你雕寒星以為目兮
凝冰雪以為魂
三閭大夫，我把你荒涼的額角讀成巍峩　（〈水祭〉）

我伸出雙臂
把空氣抱成白色　（〈巨石之變〉）

這都與「空手把鋤頭」有著相近的構思，將有形的東西與無形的東西奇妙地聯結。「鳥聲」原是聽覺上的，竟能被抓起，冰雪是一種有形的物質竟能凝成無形的魂，荒涼的額角能被讀成一個抽象名詞「巍峩」，空氣能被抱成視覺上的「白色」。在禪家與詩人的靈視中，宇宙中的萬物都是圓融無礙地並存著，互相聯結著，所有的邏輯秩序均是人爲的虛妄。五官的感覺實爲一體，有形與無形實爲一體，抽象與具體實爲一體。

所以，詩中「矛盾語」的運用，實則上是要將我們對於事物的最本原的感受還原出來，成爲一種混沌的直觀經驗。

Ⅵ

M·貝爾吉翁在談到三十年代以艾略特 (T. S. Eliot) 爲代表的新詩歌時，說過這樣一段話：

「新」詩歌已拋棄了用幻想中的美景或用「光輝」、「古老傳說故事中」、「壯觀」之類的詞藻來打動讀者。它選擇日常情景，它打動讀者的辦法是力圖使讀者知覺到宇宙間真正的奇異和魔力是在日常情景中深藏著、活躍著，並且還是日常情景的基礎。它對讀者吟咏的不是夢中的古堡、夢中的山、夢中的湖泊，而是城市裏的街道、街道交通的噪音、汽油的臭味、小酒館的嘈雜，以及裏面的不新鮮的啤酒、不新鮮的煙草、鋸木屑、汗水等等的氣味。它對讀者吟咏可以與這些景象、聲響、氣味聯繫起來的實在的回想或其他回想，從而它又把能從讀者心中對整個人生大戲劇的情感釋放出來的手段總結起來、凝縮起來。⑬

其實，現代詩的日趨生活化之傾向，最早可以追溯到波特萊爾（Charles Baudelaire），他的〈惡之華〉，確是從罪惡的、醜怪的事物上開出來的詩之花，近代都市的五光十色，都成爲他詩歌的素材。自波特萊爾以後的西方現代詩，可以說一直在朝著「生活化」的趨向發展。至所謂的後現代主義（Postmodernism），這種對於貼近生活本身的要求已達到高潮，據伊哈布·哈桑（Ihab Hassan）說，後現代主義文學藝術追求的幾乎是不可能的具體性，目的是爲了達到沉默的效果。威廉斯（William Carlos Williams）和康明思（E. E. Cummings）的詩作，也許在貼近生活本身的努力上，有著顯著的成績，他們的詩描寫的完全是生活情景中熟習的一角，但透過語言的組合，構成的恰恰是並不太熟習的意象，給讀者的暗示成分較以往的詩大大地增加了。也許，現代詩的生活化傾向可以分成兩種類型，一是努力使詩的意象與日常生活情景相

⑬ 貝爾吉翁〈「新」詩歌〉，載於《外國詩》第一期，其翔譯。

諧和，也就是說，試圖從最平淡無奇的物象中發掘出詩意。如果套用青原惟信的三階段論，那麼，這些詩人所要追求的，正是第三階段：「見山又是山，見水又是水」。二是採取較為革命性的態度，表現出濃厚的「反詩」的觀念，故意以慣例上根本不能入詩的事物入詩，將粗俗的、骯髒的東西寫進詩中，這實際上是化腐朽為神奇的做法。

中國現代詩人中較早具有「生活化」傾向的詩人是聞一多，他的〈死水〉堪稱「化腐朽為神奇」的傑作。三十年代的卞之琳在這方面自言受到聞氏的影響，他一方面以不入詩的事物入詩，如酸梅湯、冰糖、葫蘆等，另一方面喜歡擷取極其平易的生活場景，來表現他的人生感受。至五、六十年代，《創世紀》的詩人在這一方面所作的努力，相當突出，就某種程度而言，他們在這方面的努力使他們成為現當代中國最具「現代性」的詩人羣。

現代詩中的「生活化」傾向，我們不能簡單地歸結為禪宗的影響，事實上，許多現代詩人對禪宗並不熟悉。但是，如果我們以禪宗的觀點來分析這一傾向，至少可以認定，它與禪宗對待世界的態度有暗合之處。基於此，可以進一步認定，禪宗的世界觀對於現代詩這一傾向的繼續發展，能夠提供有益的啓示。

就洛夫的詩作而言，許多詩的禪趣之形成，正是意象的「日常生活化」之結果。禪的從桎梏走向自由之道，是立足於世俗生活的，平常心卽佛，佛性無處不在，禪機無處不在，只有與現實生活相諧和，才能體驗到本原的生命。洛夫曾說自己「終生孜孜矻矻，在意象的經營中，在跟語言的搏鬥中，唯一追求的目標是『眞我』。」⑭所謂「眞我」，即融入萬物之中的「我」，是物我兩忘的我。如果說，在早期，洛夫作品詩境的形成，仰仗的是對現實的強烈變形與扭曲，似乎有點「看山不是山，看水不是水」的境界。那麼，到了後期，尤其是《月光房子》與《天使的涅槃》這兩本詩集，他悟到了「自我」的存在，不是在「午夜孤燈獨對」之中，而是融滙於日常的大千世界之中。越是平常的事物，越是具有如其本然的生命。洛夫後期許多短小、言簡、平易的小詩，幾乎全是平凡的生活小景，卻充滿著深邃的「禪思」，叫人讀後掩卷沉思，回味無窮。

上面提到的兩種類型在洛夫的詩作中都有所反映，如屬於第一類型的有〈有鳥飛過〉、〈隨雨聲入山而不見雨〉、〈獨飲十五行〉、〈金龍禪寺〉、〈剔牙〉、〈挖耳〉等名篇，屬於第二類型的有〈華西街某巷〉、〈麗水街〉、〈痰〉等篇，尤以《月光房子》、《天使的涅槃》兩集中此類詩作最多。試舉幾首如下，以窺一斑：

晚餐小飲數盞
之後便匆匆
脫下長衫

⑭ 洛夫《魔歌・自序》。

扭開自來水龍頭嘩嘩洗腳
且擻著京腔
唱
浪淘盡千古風流人物

有人敲門
丈母娘拎來一尾活鯽魚
（《釀酒的石頭．飲罷》）

這是一幅晚飯後的生活小景；喝酒、洗腳、唱京劇，最妙的是唱到一半有人敲門，開門一看是丈母娘拎來一尾活鯽魚。作者的感情完全被掩飾在這一幕戲劇性的情景中了，你說是惆悵，你說是恬淡，似乎都像又不太像。由這小小的一幕，引發出無限的遐想、玩味，達到了洛夫所追求的「以有限暗示無限」的目的。

巷口看到的背影是頗為春意的
星期天是煙視媚行的
麥當勞店是略帶狐騷味的

黃昏是極其女性的
一位頗為春意的煙視媚行而略帶狐騷味的
黃昏中的女子
在巷口拐一個彎
便不見了

（〈邂逅〉）

人生中的「邂逅」是常見的，如果由徐志摩這樣的浪漫詩人來寫，大約會有極其哀婉的情調。但是，這首詩的作者是除了純情文藝以外什麼書都讀的人，他不免有些「頑皮」，他居然感受到了一個略帶狐騷味與春意的黃昏，連帶那個一拐彎便不見的女子也有了狐騷味和春意。那個女子是誰？作者對她有著什麼樣的情感？我們都不得而知，作者只是給了我們這麼一幅平平常常的畫面。本來，人生中的「邂逅」就是常見的，並不總是那麼綺麗，相遇而過後不必再去追究什麼。那不太好聞的「狐騷味」之入詩，是不是隱含著作者對於人們關於「邂逅」所慣有的那種浪漫綺念的譏諷呢？

在《石室之死亡》後，這類「生活化」的詩大量出現，他的那些具有「禪趣」的詩作，大都出自此類作品。禪趣的形成，不是出於刻意的雕琢，而是與現實生活的自然貼近，禪機隱藏在最為平常的景象中。洛夫詩中的「禪趣」，使他的作品憑藉語言，又超越了語言，達到某種沉默的境界，或者「不可說」的境界。

結語

我們說洛夫在詩歌創作中秉承了莊禪的思想，但絕不因此而認爲洛夫是「回歸傳統」了。「回歸傳統」說法之謬，一是因爲「傳統」一詞模糊不清，無確切的含義，幾乎成爲某些人藉以反對一切藝術革新、藝術進步甚至社會進步、國家發展的最爲保險的、萬靈的標籤，這不能不說有助於藝術領域中蒙昧與野蠻勢力橫行之可能。二是此一說法並不符合包括洛夫在內的臺灣詩人的實際創作。洛夫在《詩魔之歌》的導言中說得很明白：「對我來說，回歸並非倒退，而是迂廻前進，換言之，是另一精神領域的探索，另一藝術境界的表現，卻絕不是什麼『新古典主義』。我依然執著於現代的追求，只不過運用古典題材，並融滙前人的特殊技巧，以表達我的現代精神與理念而已。」其實，像鄭愁予、洛夫、余光中等臺灣詩人在他們的詩中運用古典的題材、古典的意象，絕不是單純的「懷古」或「復古」，而是一種在現代意義的審美觀照下形成的「古典」，是被現代化了的。他們絕對不是要鑽向故紙堆去尋覓發黃的「古典精神」，以對抗現代精神，而恰恰相反，是要打破時間的與空間的界線，以現代的純粹審美精神去觀照古典的世界，使它重新發出迷人的藝術之光。

本世紀以來，東方的詩人如饑似渴地向著西方尋找「新潮流」，而西方的詩人又興致勃勃地向東方尋求精神營養時，已經意味著，我們生活在這樣一個時代：東方與西方、現代與傳統的界線正在消泯的時代。正如洛夫在他最近的一篇文章中所說：「以超越的胸襟去化解諸如現代與傳統、西化與民族性、現實主義與前衞觀念、大我關懷與小我價値等一切相互矛盾而又相互依存的迷惘糾結，而後回到中國人文精神的本位上來，使創作理念提升到美學與哲學並置的高度，創造出融合東方智慧與現代知性，表現二十一世紀『大中國心靈的現代詩』。」⑮從洛夫詩創作與禪莊，或與西洋現代詩的關係中，我們能夠體會到這種超越的胸襟。

（刊於《中外文學》二十一卷八期）

⑮ 洛夫〈對大陸第三代詩人的觀察〉，載於《創世紀》第八十四期。

第五章　洛夫詩歌與歷史題材

I

文學以歷史素材爲題材時，最能顯現自身的特色，文學並不企求描述或再現眞實的歷史事件，它只不過借歷史來表現作家的情意，更確切地說，文學中的「歷史」，一經作家的藝術加工，就必然具有超越於歷史本身的意義，而與現時代、或與作家的個性發生緊密的聯繫。讀者並不能從文學中去把握歷史的眞跡，讀者從文學中得到的，大多是審美的喜悅。所以，亞里士多德這樣說：「歷史家和詩人的差別不在於一用散文，一用韻文，……兩者的差別在於一敍述已發生的事，一描述可能發生的事。因此，詩比歷史更富於哲學意味、更高；因爲詩所描述的事帶有普遍性，歷史則敍述個別的事。」❶

❶ 亞里士多德《詩學》第九章，人民文學出版社。

但任何歷史文學都具有雙重關係，「一方面與歷史有關，另一方面與日常現實有關。」❷批評家的責難也往往在於：這部歷史文學作品脫離史實，或不符合史實。歷史的眞實是歷史文學的基本原則嗎？歷史文學首先是文學還是歷史呢？這都是令人困惑的問題。如果我們將歷史文學首先看作是文學的話，那麼，我們有理由認爲歷史文學中的虛構是合理的、不可避免的，而且既然是文學作品，它就必然要有虛構的成分，必然要有超越於事件本身的意義；正如魯迅所說：「取古代的事實，注進新的生命去，便與現代人生出干係來。」❸狄德羅則更爲明確地表示：「歷史家只是簡單地、單純地寫下了所發生的事實，因此不一定盡他們的所能把人物突出；也沒有盡可能去感動人、去提起人的興趣。如果是詩人的話，他就會寫出一切他認爲最能動人的東西。他會假想出一些事件。他可以杜撰些言詞，他會對歷史添枝加葉。對於他，重要的一點是做到驚奇而不失爲逼眞。」❹洛夫也有相似的見解：「詩不宜當作歷史讀，詩人最大的本錢是想像，因此詩中的事物都不必是事實的眞。……假如以讀史或考據的手法去讀詩，而結果發現詩中事事皆眞，我想這未必就是一首好詩。」❺

❷ Paul Merchant《詩史論》（蔡進松譯，黎明文化事業股份有限公司，一九七三年版），頁四。
❸ 魯迅〈「羅生門」譯者附記〉（一九二一年六月）。
❹ 狄德羅《論戲劇藝術》。
❺ 轉引自李瑞騰〈試探洛夫詩中的「古典詩」〉（載於《詩魔的蛻變》）。

也許，我們應當越過「這是眞的還是假的」這一問題層次，因爲所謂「眞實」問題，實際上與現代詩中的「懂與不懂」問題一樣，談論的都不是文學本身，如果我們所批評的對象確是文學，而非別的根本稱不上文學的東西，那麼，是否眞實、是否懂這樣的問題就毫無意義；我們的問題該是：詩人創造了怎樣的幻象，呈現了怎樣的經驗？這樣的經驗能夠使人感動或信服嗎？這些幻象又是如何創造的？

歷史文學儘管以歷史事件爲根據，但歸根結底，仍是詩人創造的「幻象」，仍是詩人呈現的人性經驗。詩人爲什麼要用「歷史」來束縛自己呢？他完全可以拋開歷史而馳騁萬里，卻偏偏要將自己的視角局限於某一點歷史的空間。賀拉斯這樣解釋：「用自己獨創的方式去運用日常生活的題材，這是一件難事，所以你與其用過去無人知曉、無人歌唱過的題材，倒不如從《伊利亞特》史料裏借用題材，來改編爲劇本。」❻郁達夫則認爲：「小說家在現實生活裏得到了暗示，若把這些材料平直地寫出來，反覺有實感不深或有種種不便的時候，就把這中心思想藏在心頭，向歷史上找出與此相像的事實來，使他可以如實地表現出這一個實感，同時又可以免掉現實的種種不便。」❼由此看來，歷史文學既有受束縛的一面，也有受便利的一面。歷史事件或典故的運用，能夠使讀者的想像更爲豐富，對讀者更具暗示的效果。這在現代詩中——如艾略特和龐德

❻ 賀拉斯《論詩藝》。

❼ 郁達夫《歷史小說論》。

(Ezra Pound)的詩——可以找到不少的佐證，時空的交錯，凸現出亙古常新的意象，閃發出深邃的哲思。另外，典故或歷史事件的引用入詩，也可造成審美上的距離感，詩人的詩想透過過去的事象而表現，更顯含蓄。當然，具體到每個詩人，他之所以採用歷史題材，尤其是大量地採用歷史題材，如洛夫，必然有更深廣的文化的、心理的背景，以及個人性的因素之影響。就洛夫而言，他從七十年代開始大量以歷史題材入詩，與當時整個文藝界的氣氛，以及他個人的生活經驗、美學觀念之演變，是分不開的。一方面是七十年代對於現代主義的批判，客觀上促使洛夫等現代詩人認眞反省自身的創作，以提高詩的藝術素質，在這一反省中，對於中國古典詩質的發現，可說是最大的收穫，洛夫七十年代以來反覆強調的詩觀：以小我暗示大我，以有限暗示無限，在中國古典詩歌中最能得到印證，所以，洛夫許多詩作將古典詩句或意象轉化爲現代詩，也許蘊含著這樣的目的：使現代詩能表現出古典詩能表現出的那一切；另一方面是隨著年齡的增長，愈感到飄泊的無奈、辛酸，因而許多歷史典故或名勝古跡，縈繞於心，成爲心目中「故鄉」之象徵，八十年代洛夫詩作中的古典意象、人物、名勝等，都折射出洛夫藉此作爲文化上的歸宿之心情。題材的問題絕不僅僅是題材的問題，詩人之所以選擇這樣或那樣的題材，總是有著他自己的社會理想或美學理想在起作用，比如沈從文的小說，喜愛描寫湘西苗區的奇風異俗，絕不只是獵奇，其中有著嚴肅的社會理想與美學理想，那就是對於自然的生命形態之追求，不過，一般的讀者常常體會不到題材背後的深意，以至於沈從文說：「你們能欣賞我文字的樸實，照例那作品背後隱伏的悲痛也忽略了」，「你們能欣賞我文字的樸實，照例那作品背後蘊藏的熱情卻忽略了。」對於洛夫詩作中的歷史題材，我們也應作如是觀。

Ⅱ

翻用前人的詩句或整首詩，以創造新的意境，古典詩歌中屢見不鮮，如辛棄疾「斫去桂婆娑，人道是清光更多。」（〈太常引〉）出自杜甫「斫卻月中桂，清光應更多。」（〈一百五日夜對月〉）周邦彥「想依稀，王謝鄰里。燕子不知何世，向尋常巷陌人家，相對如說興亡，斜陽裏。」（〈西河〉）出自劉禹錫「朱雀橋邊野草花，烏衣巷口夕陽斜。舊時王謝堂前燕，飛入尋常百姓家。」（〈烏衣巷〉）等等。現代詩人中，聞一多曾翻用「蠟炬成灰淚始乾，春蠶到死絲方盡」寫成著名的〈紅燭〉，又引用「紅豆生南國，此物最相思」的意境，寫成組詩〈紅豆〉。朱湘的詩作中套用古典詩詞之處甚多，如〈落日〉中，「蒼涼呀，大漠的落日，筆直的煙連著雲，人死了戰馬悲鳴，北風起驅走著砂石。」用的是王維「大漠孤煙直，長河落日圓」，以及漢樂府「梟騎格鬥死，駑馬徘徊鳴」，岑參的「輪臺九月風夜吼，一川碎石大如斗，隨風滿地石亂走。」朱湘的詩，從詩經、唐詩、宋詞中脫化而來的句子，比比皆是，沈從文稱讚他「用純粹的中國人感情，處置本國舊詩範圍中的漢字，寫成他自己的詩歌，……他那成就，也因此只像是在修正舊詩，用一個新時代所有的感情，使中國的詩在他手中成為現在的詩。」但是，從語言的角度看，朱湘並沒有充分把握到現代漢語的特質，沒有能以現代的漢語來表現古典詩詞的意境。他的一些詩套用古典詩詞，多半是為了渲染一種幽遠、古典的氛圍，使現代漢語屈從於古典詩詞，有半文半白之感。現代新詩翻用古典詩詞，其意義遠遠不止於烘托某種古典的情調，實則上是文言與白話的對話與溝通，白話能否充分發揮自身的語法特質，來表現文言所能表現的那種深邃的意境，這對於翻用古典詩詞的新詩人來說，是嚴峻的挑戰，同時也是在語言上具有重大意義的嘗試。洛夫翻用古典詩詞創作新詩，給人印象最深的是：融入古典詩詞並不是為了渲染古典情調，也不是為了某種懷古的旨趣。洛夫那些融化古典詩詞的作品，最成功的乃是語言上的成就，其次是能夠將古典的意境、情懷完全透視於現代意識中，表現出眞正的現代詩的風格。

洛夫最早翻用古人的詩句，是一九七〇年的〈月問〉，這首詩後來收入《魔歌》集。據此詩的題記，我們知道這首詩的緣由來自阿姆斯壯的登陸月球。「月亮」在中國文學中，乃至在整個文化中，都具有特殊的意義。當現代科學技術無情地撕去籠罩在月亮上的神秘想像時，對於一個中國人來說，是相當感慨的，似乎失去了一種文化上的或美學上的寄託。對於一個飄泊多年的遊子洛夫來說，似乎又多了些失落的情懷。所以，這首詩中的月亮象徵著中國文化或中國的美學精神，也象徵著詩人心目中的「家園」。鄉愁彌漫著全詩：

仰首向你
故鄉已是昨日的一聲輕咳
鄉愁比長安還遠？

長安既是時間，也是空間的，但無論是時間上的——我們曾擁有一個輝煌的盛唐——還是空間上的，都離詩人非常遙遠。古典詩句的翻用更增添了這種鄉愁：

推窗一看
夜色竟是我們的臉色
你在松間照
誰在石上流？
可笑，五更天還有人秉燭夜遊
他在等誰？Godot？

這裏套用了王維的「明月松間照，清泉石上流」，但意義有所改變，將「清泉」改作「誰」，似乎在說：在「石上流」的人已不是當年的人了，歲月流逝，只有明月仍在松間照。緊接著的兩句又將鄉愁完全昇華，「秉燭夜遊」的人在等待Godot或別的什麼，而果陀只是「街上的鞋聲」，聽得見摸不著。這是屬於全體現代人的鄉愁：等待而不知道等待什麼，等待而又不會有什麼來臨。「當嫦娥把青天繡成碧海／你知夜夜誰是那顆心？」翻用了李商隱的詩：「嫦娥應悔偷靈藥，碧海青天夜夜心。」但意義也大爲改變，將嫦娥的孤獨幽怨轉移到詩人自己內心，表現出詩人對於月亮的那片深情：

今夜，我欲囚你於鏡
你卻飛升天宇而成為我眼中的無盡
據說無盡是一盞燈
或明或滅
都是一聲呼喚

在《魔歌》集中，〈床前明月光〉是李白〈靜夜思〉的翻新，在情調上與〈月問〉有相似之處，都以月亮爲最基本的象徵，都抒發一種深遠的鄉愁。李白在〈靜夜思〉裏說：

床前明月光

疑是地上霜
舉頭望明月
低頭思故鄉

而洛夫卻這樣說：

不是霜啊
而鄉愁竟在我們的血肉中旋成年輪
在千百次的
月落處

只要一壺金門高粱
李白便把自己橫在水上
讓心事
從此渡去

李白的詩在中國幾乎家喻戶曉，而洛夫劈頭就說：「不是霜啊」，將李白的意象予以否定，給人以驚愕之感。感嘆詞「啊」蘊藏著無盡的蒼涼，彷彿是一位飽經風霜的旅人發自肺腑的低呼。下面的轉折因「而」與「竟」兩個副詞，顯得相當強烈，在「千百次的月落處」，顯出時間的漫長，「鄉愁」在「血肉中旋成年輪」，顯出鄉愁的刻骨銘心。第一段的感慨較爲空闊、悠遠，第二段卻將意象框定在特定的時空。副詞「只要」突出了鄉愁是多麼地容易觸發，「金門」乃一不同尋常的地名，以此爲名的（或這個地方的）高粱酒就極富暗示性，給人很多想像，並且暗含了詩人特殊的生活體驗。「李白」的出現，使時間倒錯，但這裏的李白，實際上是那位「靜夜思」的李白，是古往今來一切遊子的化身，當然，看作詩人的自擬也未嘗不可。「把自己橫在水上／讓心事／從此渡去」，飄泊在臺灣，橫過海峽，即可到達家鄉，但詩人不說「人」渡去，而說「心事」從此渡去，可見詩人的「心事」在心中積壓得多久多深。這種表達法使抽象變爲具體，使無形變爲有形，極大地發揮了現代漢語的潛質。因了這種特殊的表達，這句詩還可以有多種解釋，達到了洛夫認爲古典詩所具有的「不可盡解」之境界。

與〈床前明月光〉一樣，也是化用古詩句而成就一首詩的，還有〈淚巾〉，收入《釀酒的石頭》集。

首先感知河水溫度的

不見得就是鴨子
亦非入水便手腳發軟的柳條
而是橋上的女子
女子手中的
一條被風吹落的
淚巾

蘇東坡的〈題惠崇春江晚景〉：

竹外桃花三兩枝
春江水暖鴨先知
蔞蒿滿地蘆芽短
正是河豚欲上時

洛夫的詩從第二句：「春江水暖鴨先知」脫化而來，採用了與〈床前明月光〉同樣的手法，起首卽否定了蘇東坡的說法，用一轉折詞「而」說出首先感知河水溫度的是橋上女子手中被風吹落的淚巾。這首詩由兩個否定，一個轉折，構成了一幅完整的意境：河水中的鴨子，河邊柳條柔柔地飄拂在水中，一個女子站在橋上，一條沾滿了眼淚的手巾被風吹落……。詩人沒有告訴我們這個女子是誰？她爲什麼哭？詩人只是呈現了這麼一幅圖景，我們能從中感受到一點憂鬱或悲哀，但這種憂鬱或悲哀是屬於整個春天的，屬於整個宇宙的。僅從這一小詩，我們卽可確認，洛夫確實以現代漢語捕捉到了古典詩的精神：以有限暗示無限。一切都是那麼具體，而一切又彷彿是那麼不可捉摸，那麼空闊。

一九八六年，洛夫創作了〈車上讀杜甫〉，全詩用杜甫〈聞官軍收河南河北〉中的八句詩爲小標題，幾乎是杜詩的演繹。杜詩寫的是亂離中的人聽到能夠歸鄉時的激動、興奮，抒寫了亂離中的人們對於和平、安定的渴望。洛夫那時已近花甲，而飄泊的旅程似乎仍無終點，所以在車上讀杜甫的詩，就格外有所感慨，再加上沿路走過的地名：長安西路、和平東路、成都路、杭州南路，都極易使人產生聯想。整首詩處於虛、實之間，古代與現代、現實環境與大陸的河山、車上的旅行與人生的顚沛，似幻似眞，互相交織。詩人的巧妙就在於利用一些地名所具有的暗示作用，如「長安」、「杭州」等地方都積澱著千百年的中國文化之靈氣，有著杜甫的踪影，也有著無數文人騷客的足跡。詩人的感情是相當悲愴的，「我能搭你的便船還鄉嗎？」鄉愁的濃烈溢於言表，但「劫後的心是火，也是灰」，人生的道路上，只有在酒醉中才能眞正「歸鄉」，醒的時候，無非是顚沛，無非是流離。最後，「你」（指杜甫）回到了滿城牡丹的洛陽，而詩人自己在杭州南路下車，卻不見「煙雨西湖」、「江南水鄉」。這種對比突出了詩人自己的哀感。〈車上讀杜甫〉以及前面提到的〈床前明月光〉、〈月問〉之翻用古典詩句，實則上是要在一個廣濶的歷史文化背景上表現詩人自身的鄉愁。

這幾首詩化用古典詩句，並不是作為一種點綴，以烘托所謂的「古典情調」，說實在的，這幾首詩表現的完全是詩人自己的現實經驗，而古詩中的意境，也被現代漢語傳神地表現了出來。從〈淚巾〉、〈床前明月光〉等詩中，我們看到了現代詩與古典詩之間的融匯，更看到了現代漢語本身的魅力，這種魅力在〈長恨歌〉、〈李白傳奇〉、〈與李賀共飲〉等詩中得到最為充分的體現。

〈長恨歌〉既可看作是白居易詩的翻新，也可看作是借用與白居易〈長恨歌〉相同的題材。這首詩無論在洛夫自己的創作中，還是在當代中國詩歌中，都具有重大的意義，這不僅是一次現代詩人對於古典題材極為成功的透視、翻新，而且也是一次現代漢語在表現力上的大嘗試，通過表現古典詩的題材、意境，而充分顯示出現代詩的風貌、神韻，顯示出現代漢語以其獨特的語法特點，同樣能達臻「不可盡解」的境界。

就題旨而言，洛夫的〈長恨歌〉是要以反諷的態度去重新審視白居易〈長恨歌〉中那種纏綿悱惻的愛情。在原詩中，楊貴妃的美麗被寫得光采照人，而洛夫卻這樣寫：

她是
楊氏家譜中
翻開一頁便仰在那裏的
一片白肉
一株鏡子裏的薔薇
盛開在輕柔的拂拭中
所謂天生麗質
一粒
華清池中
等待雙手捧起的
泡沫

這裏，詩人的口吻是相當理性的，而且帶嘲弄的語調，用白肉來指代楊玉環，只不過說明楊玉環是肉欲的犧牲品，與後面對李楊愛情的描寫相一致。副詞「所謂」加強了嘲弄的語氣，天生麗質只不過是泡沫，轉瞬卽逝。這種美的觀念，是理性的、是物質的，而非浪漫的、精神的，楊玉環在此已成一位現代女子，或者說，一位現代人眼中的那種「紅顏薄命」的女子。楊玉環與唐玄宗的愛情，始終與戰爭的意象緊密相聯：

他是皇帝
而戰爭
是一灘
不論怎麼擦也擦不掉的
黏液
在錦被中
殺伐，在遠方

愛情暗示著繁殖，而戰爭意味著生命的毀滅，將這兩者相串聯，極具反諷的效果，顯示了人類生活中的根本性背謬，乃至瘋狂：一方面是生命的渴望，另一方面是生命的不斷自我毀滅。洛夫在這首詩中，顯然不只是「玩」古典詩翻新的花樣，而是滲透了極其嚴肅的命題，是對於歷史的反省，是對於人性的透視。因此，詩中時空的錯亂所造成的反諷，只是加強了詩的思想深度。唐玄宗的行爲既是一位皇帝，又好像是一個現代人：

他開始在床上讀報，吃早點，看梳頭，批閱奏摺
蓋章
蓋章
蓋章
蓋章
從此
君王不早朝

人性局限於一種既定的運行軌道，而萎縮成機械的反應，甚至連造愛也是如此。歷史與現實，政治與個人命運，在這首詩中緊密交織，於戲謔性的反諷中，凸現的是詩人強烈的悲劇意識：一切皆爲虛無。虛無不是頹廢，更不是懦弱，而是直視時間中的人生、把捉到生命的空茫之後的那份無奈與坦蕩。

仔細對比兩首〈長恨歌〉，情節的發展幾乎完全一樣，有些地方洛夫完全套用原詩的句子，何以會有如此不同的效果？主要的原因在於語言運作的不同，在此詩中，洛夫對於現代漢語的運用達到了爐火純青的地步，試看第一句：

唐玄宗
從
水聲裏
提煉出一縷黑髮的哀慟

簡單的一句話，卻包含了李楊愛情故事的全部。「水」與「黑髮」兩個意象連接得頗爲奇特，將「哀慟」——李楊愛情故事的基調——予以視覺化，以「一縷黑髮」來形容，屬於「反常合理」的語言。「水聲」、「黑髮」給人許多特定的想像。借助詞與詞之間的聯絡（動詞「提煉」在這句詩中起到了詩眼的作用），以最經濟的文字，提供了最大的信息。再如最後一段：

時間七月七
地點長生殿
一個高瘦的青衫男子
一個沒有臉孔的女子
火焰，繼續升起
白色的空氣中

一隻翅膀
又
一隻翅膀
飛入殿外的月色
漸去漸遠的
私語
閃爍而苦澀
風雨中傳來一兩個短句的迴響

純粹是直白的現代漢語，沒有什麼奇特的語言扭曲，只是用並置的手法將幾個意象凸現，卻同樣讓人感到凝煉而含蓄，如果與白居易的原作對比著讀，我們很難區分作優劣，而更重要的是，在現代詩中，只要詩人能充分把握現代漢語的潛質，古典詩的含蓄及美感，並不會失去。在詩的領域，傳統與現代的藩籬，西方與東方的界線，應當予以摒棄，在審美的觀照下，一切都可趨於同一、融匯。

Ⅲ

歷史上的一些人物隨著時間的流逝，而成爲一種人格的化身，被後世的詩人不斷吟咏，如孔子、莊子、屈原、陶淵明、李白、杜甫等，他們作品中的社會理想、審美理想，以及作品本身的美學風采，與他們某些傳奇性的生平事跡相聯繫，構成某種人格力量的象徵，某種人文精神的符碼，在古典詩歌中不斷出現。試以陶淵明爲例，在古代中國文人心目中，是與隱逸、高潔、不向權貴摧眉折腰的品質分不開的，白居易咏陶淵明的詩句：「不慕樽有酒，不慕琴無弦；慕君遺榮利，老死此丘園。」（〈訪陶公舊宅並作〉）李白詠及陶淵明者約二十處，多是借陶氏的「琴」與「酒」來抒發他那逸放之情的。詩人歌咏歷史人物，與趣並不在於這個人物在當時的遭際，而是透過歷史的煙雲，這個人物至今尚能打動讀者的某些精神品質，或者，詩人自身的命運與這個人物的命運相似，借歷史人物來「夫子自道」。總之，我們在讀歌詠歷史人物的詩時，「面對的不是歷史上一個片刻的人，而是歷史上的人。我們全都關心他的遭遇。」❽作爲一種人格理想出現在洛夫詩歌中的，有下列幾位人物：李白、屈原、李賀、王維。〈李

---

❽ 同❷，頁八。

白傳奇〉寫於一九八〇年，〈水祭〉寫於一九八〇年，〈與李賀共飲〉寫於一九七九年，均收入《時間之傷》集中；〈致王維〉寫於一九八九年，收入《天使的涅槃》集中。這幾首詩突出地鋪寫了這幾位人物各自的品質，都善於使詩人自己的詮釋透過史實與古典詩句巧妙的聯絡而呈現，都採用了第二人稱「你」，語調上如同與一位老友促膝談心。這幾首詩對於史實的處理，對於歷史人物的表現，對於語言的駕馭，均為我們提供了不少的啓示。

〈與李賀共飲〉的詩題就將時間的分界打破，讓自己與千年的詩人李賀同桌共飲。首句：「石破／天驚／秋雨嚇得驟然凝在半空」，化用了李賀的詩「女媧煉石補天處，石破天驚逗秋雨」，用在洛夫的詩中，顯得相當自然，為李賀這個不平凡的人物之出場鋪墊了氣氛。「嚇得」、「凝在」兩個動詞極其傳神地將「秋雨」人格化，成為給人深刻印象的意象。李賀的到來，也寫得虎虎有生：

這時，我乍見窗外
有客騎自長安來
背了一布袋的
駭人的意象
人未至，冰雹般的詩句

已挾冷雨而降
我隔著玻璃再一次聽見
義和敲日的叮噹聲
哦！好瘦好瘦的一位書生
瘦得
猶如一枝精緻的狼毫
你那寬大的藍布衫，隨風
湧起千頃波濤

李賀詩歌的奇崛，他神態的風韻，在洛夫戲劇性的意象中，栩栩如生。身背布袋，本是古代雲遊四方的書生形象，「駭人的意象」、「冰雹般的詩句」揭示出李賀詩歌的美學特點，融匯了前人以及詩人自己對於李賀詩歌的感受。下面的詩句化用李賀的詩：「義和敲日玻璃聲」（〈秦天飲酒〉），仍是渲染李賀詩的美學特點。以「狼毫」形容李賀，極言其瘦，又用他隨風飄蕩的藍布衫作爲襯托，形成對比。接下去的兩段從不同的側面進一步展現李賀詩的藝術性。李賀的「絕句」或「詩句」，全部被立體化，成爲可以觸摸的有形之物，如「嚼著絕句」、「把你最得意的一首七絕，塞進一隻酒甕中」、「把詩句吐在豪門的玉階上」。反覆渲染的就是李詩的奇崛，超越於一切清規戒律，呈現卓然的個性。這首詩的語言充滿力度，幾乎是字字緊扣，意象在一連串的動感中不斷湧現。運用時間濃縮法寫成的詩句：「你激情的眼中／溫有一壺新釀的花雕／自唐而宋而元而明而清／最後注入／我這小小的酒杯」，相比於從前的：「左邊的鞋印才下午／右邊的鞋印已黃昏了」，又有新的發展，變得戲劇性極強，使所有無形的感受全部變得具體可感。這首詩不僅完全展現了李賀詩的神韻，而且其本身的語言操作也極具李賀的風格。最後一句：

我要趁黑為你寫一首晦澀的詩
不懂就讓他們去不懂
不懂
為何我們讀後相視大笑

實在可以看作是洛夫在美學觀念上的宣言。

〈李白傳奇〉在語言操作上與〈與李賀共飲〉有很多相似之處，如李白的出場：

整個天空驟然亮了起來
滿鐔的酒在流

滿室的花在香
一枝破空而來的劍在呼嘯
衆星無言
只有一顆以萬世的光華發聲
驚見你，巍巍然
據案獨坐在歷史的另一端
天為容，道為貌
山是額頭而河是你的血管
乘萬里清風
載皓皓明月
飛翔的身姿忽東忽西，忽南忽北
中央是一團無際無涯的混沌
雷聲自遠方滾滾而來
不，是驚濤裂岸
你是海，沒有穿衣裳的海
赤赤裸裸，起起落落

你是天地之間
醞釀了千年的一聲咆哮

不過，這首詩側重的是對李白人格精神的渲染，突出的是：你原是一朵好看的青蓮。如果將此詩與聞一多的〈李白傳奇〉相比❾，我們更能體會到洛夫的語言特色，以及駕馭歷史的能力。〈水祭〉抒寫屈原的形象，但在表現上不及前面兩首詩。〈致王維〉抒寫山水詩人王維的飄逸、閑適。起首的一段暗含了王維的詩句：「月出驚山鳥，時鳴春澗中」、「空山不見人，但聞人語響」，但純以現代漢語鋪寫，絲毫沒有「套用」的痕跡：

一羣瞌睡的山鳥

❾ 聞一多的〈李白傳奇〉寫於二十年代，以李白捉月騎鯨而終爲核心，描寫一種純粹的詩人人格，全篇以內心獨白。全詩太長，無法全部引錄，從中摘抄一段：「啊！月呀！可望而不可即的明月！當我看你看得正出神的時節，我只覺得你那不可思議的美豔，已經把我全身溶化成水質一團，然後你那提挈海潮底全副的神力，把我也吸起，浮向開遍水鑽花的碧玉的草場上；這時我肩上忽展開一雙翅膀，越張越大，在空中徘徊，如同一隻大鵬浮游於八極之表。」

被你
紙剪的月亮
悉悉索索驚起
撲翅的聲音
嚇得所有的樹葉一哄而散
空山
闃無人跡
只有先生你
手撫澗邊石頭上的青苔

「蟬噪林愈靜」，以動烘托一片靜謐的自然風光，又以「空無一人」襯托出王維的存在，使他的形象於平淡中現出超凡脫俗的氣度，與李白、李賀出場的驚心動魄，恰成對比。接下去寫王維漫無目的的「策仗而行」、「看山」、「看雲」、「乍然想到一句好詩」，但「剛整好吹亂的蒼髮，又忘了」，從容、悠閒、無所牽掛，一幅隱逸詩人的恬淡神韻。別人問王維：「哪一首詩最具禪機？」他回答：

不就是從〈積雨輞川莊作〉第三句中

飛走的

那隻白鷺

白鷺怎能從詩中飛出，又是不合理而又合理的禪家語，沒有正面回答問題，只爲問者提供了一種聯想的提示。下面的詩句寫了王維「校書」、「坐禪」，並「飲一點莊子的秋水」等等，一天便這般瑣瑣屑屑過去了。語調漫不經心，恰如王維的生活節奏。最後幾句：

看到自己瘦成了一株青竹

風吹來

節節都在搖晃

節節都在堅持

揭示了王維的隱逸含有高潔的志趣。竹本身在中國文化中有特定的象徵：正直、挺拔、瀟灑。王維的形象與竹的意象混合爲一，使他的人格精神及他的詩的意境，渾然一體地呈現在我們的眼前。這首詩在語言上也有值得注意的地方，如：

秋，便這樣
隨著尚溫的夕陽
閃身進入了你的山莊

以整體代部分，本來應該說「秋意」或「秋風」，但以整個季節「秋」代替，增加了語義的朦朧性。「閃身進入」這動作，又使「秋」人格化，並在一個戲劇性的行爲中顯現。再如：

及至渡頭的落日
被船夫
一篙送到對岸

這是將詩人的視覺印象整個地予以呈現。落日應當慢慢地下落，但在暮色迷朦中，撐著篙子的船夫，夕陽西沉的景色，渾然不可分，詩人直覺上感到落日是隨著船夫的篙子而下沉的。在這裏，語言以其特有的搭配，呈現整體的經驗，沒有切斷語法，但打破了邏輯規範。現代漢語有自身的語法特點，不像古代漢語那樣，有種種切斷語法、靈活搭配的便利；如何挖掘現代漢語的潛質，使其充分地表現整體經驗，確是值得進一步探討的。洛夫在這幾首詩中翻用古典詩句所表現出來的語言運作，有不少積極的啓示。

洛夫寫李賀，實際上表現了他自己的美學觀點，李賀成爲他心目中的美學典範，而在〈李白傳奇〉、〈水祭〉、〈致王維〉中，則較爲直接地表現了他對中國古代人格理想的認同，這三位人物（也應包括李賀）都有不容於世、憤世嫉俗、品格高潔的特點，他們的處世方式又代表著不同的類型，李白的「佯狂」、屈原的「執著」、王維的「歸隱」，是中國人心目中的三種人生模式，影響了無數代的中國知識分子。

Ⅳ

名勝古蹟大抵具有歷史文化的內蘊，如埃及的金字塔、中國的長城等，都與大量的歷史典故相聯繫，而成爲某種文化上的象徵。洛夫詩作以古蹟爲題材的，有〈我在長城上〉、〈杭州虎跑泉躲雨吃茶〉，值得加以討論的是〈我在長城上〉。

「長城在我國文化歷史裏不僅是一條亙古盤延於秋海棠葉脈上的巨龍，而且是數千年最具有深厚的實質文化與精神內蘊的結構體。」⑩「歷來以長城爲題材的作品，眞是多到不勝枚舉。翻

⑩ 周伯乃《古典與現代》（遠景出版社，一九七九年版），頁二〇三、二一三。

開任何一部詩集或文集，都可以看到以長城爲題材的這一類作品。雖然作者所處的時代背景不同，但都著重於連年戰火和築長城、戍守長城，以及邊城受胡人的不斷侵擾所遭受到的種種苦難與災害。尤其是因戰爭和築長城所造成的妻離子離、家破人亡，是歷代作家們所極力要表現的主題。」⑪如陳琳的〈飲馬長城窟行〉，出現的年代既早，也十分富有代表性：

飲馬長城窟，水寒傷馬骨。
往謂長城吏，「慎莫稽留太原卒！」
「官作自有程，舉築諧汝聲！」
「男兒寧當格鬥死，何能怫鬱築長城！」
長城何連連！連連三千里。
邊城多健少，內舍多寡婦。
作書與內舍，「便嫁莫留住。
善侍新姑嫜，時時念我故夫子。」
報書往邊地，「君今出語一何鄙！」

⑪ 同⑩。

「身在禍難中，何為稽留他家子。
生男慎莫舉，生女哺用脯。
君獨不見長城下，死人骸骨相撐拄。」
「結髮行事君，慊慊心意關。
明知邊地苦，賤妾何能久自全！」

但到了近現代，長城這一當年用以抵禦外來侵略、浸透了無數民衆血汗的軍事建築物，有了越來越複雜的含義，成爲一種文化上的符碼。一方面，它作爲値得驕傲的遺產，可以向全世界炫耀的文明結晶，而在中國人心目中具有崇高的地位，在許多場合，它是「中華民族」的代名詞。另一方面，長城與屈辱是連在一起的，長城本來是用以抵抗外來侵略的，但自鴉片戰爭以後，中國的內憂外患，滿目瘡痍，使人面對長城時不勝感慨，同時，長城彷彿是我們這個老大民族「僵而不死」的形象。所以，近現代中國人對於長城的感情是「愛恨交加」，包孕了對於過去輝煌文明的緬懷，對於現今衰微處境的悲憤，魯迅所說的：「何時才不給長城添新磚呢？這偉大而可詛咒的長城！」（《華蓋集・長城》）正代表了一般中國知識分子的心情。

當然，在抗戰期間，因了民族主義情緒的高漲，在許多文學作品中，長城成爲全民族凝聚力的精神標記，如同黃河一樣，成爲喚起中國人民族意識與民族團結的文化符碼。直到八十年代流行歌曲中「長江長城，黃山黃河，在我心中重千鈞」仍是這種情緒的延伸。

但不管怎樣，對於今天的中國人來說，長城總是充滿著不堪言說的悲劇氣氛。洛夫這首〈我在長城上〉，寫於一九七九年，那時詩人飄泊孤島已三十年，三十年的風風雨雨，三十年的夢想追尋，濃縮在對於長城的遙想之中。洛夫的情感沉鬱而悲壯，充滿了家國興亡之感：

我在長城上
迎萬里的悲風而立
散髮幌如昨日
昨日大漠中漫天的烽煙
不論這是不是歷史的峯頂
我必須登臨
為了證實
太陽西沉不是一種否定
證實在嘉峪關上朗誦的詩句
千年之後
能否傳到山海關口

汗在掌中湧動
劍在鞘中輕嘯

長城這一想像中的故國壯觀，對於洛夫而言，是精神上的寄託之所在，是民族認同的源泉之所在。他登臨長城，指指點點，緬懷那「秦時圓過的月、漢時失去的關、荒草中的李陵碑，昭君用琵琶彈出的一條青石路，孟姜女的哭聲」，歷史在腳下一一流過，中華民族的災難困苦，也凝結成斑斑血迹，布滿長城的每一塊磚石，所以：

我也曾有過淚
現已在胸中凝固成火
火將哀慟鑄成一把匕首
一揚手，便冷冷地
插在牆上的一幅地圖中央
這不正是從秦代蜿蜒至今
迷我，惑我
餵以我的血、我的肉

而昂行
而翻騰
而凜凜然蟠踞
於我體內的那條龍嗎？

洛夫登臨「長城」是虛，回顧歷史是眞，尤其是對於中華民族的慘痛記憶，更以詩的意象，表現得充沛而生動。「長城」在這首詩中，是現實與歷史之間的連結點，是中華民族屈辱的見證人，是中華民族災難深重的形象，同時又是中國民族忍耐艱毅的力量顯現。洛夫登臨長城觸摸到的，是這樣一幅中國圖景：

我在城牆上垂首蹀躞
手撫著一塊塊碎裂的堞石
翻起一看
赫然竟是滿掌的鮮血
被挖鑿、被肢解、被剝得鱗甲遍地
被謀殺的中國的龍啊

在日暮中奄奄一息

這首詩屬於「懷古」型的，藉著長城這一古蹟，來抒寫歷史的滄桑、現實的關懷，從中反映出詩人將其個人的感受緊密地與民族的歷史現實相結合，洋溢著強烈的家國之情與民族意識。詩人的感情相當投入，彷彿「長城」就是自己血肉的一部分，彷彿自己的理想、夢幻全部與「長城」連為一體。相當典型地顯現了，詩人這一代中國知識分子的身上，常常是社會歷史的屬性超過了作為個體的存在，他們總是自覺或不自覺地將自己的靈魂寄託在某種社會的、民族的信念之中，並為之付出了畢生的心血。所以，詩人在描寫長城時，不可能採取審視的態度，不可能以冷酷的透視來剖析歷史，因為他自己已經將自身溶化於歷史之中。正是這種熱血般的昂揚，這種悲壯的信仰，塑造了一代人的豐碑，通過語言而成為不朽。

而從簡政珍的〈長城上〉，我們窺見了年輕一代的歷史意識。他們更多地是作為個體的我而存在的，他們能夠旁觀歷史，因而也能夠冷靜地透視歷史。簡政珍的詩執著於歷史的背謬，顯得相當冷酷：

雙足走過的江山
變成一座土牆

雙足還未消踵
就在牆腳下
譜下一些終曲的回音
那輪明月總掛在扁擔的兩頭
如一張前盼後顧
姣白沉重的臉
土石堆砌
據說是為了
後世能在月宮上
對著人世這條綿長的傷口
贊嘆？

同樣是登臨長城而走進歷史，簡政珍所看到的卻是與洛夫完全不同的景觀。也許，簡政珍在《歷史的騷味》自序中的一段話，可以作爲這首詩的注腳：「在帝王的地下宮殿裏，層層迂廻，我們走入歷史的洞穴。一個碩大的棺木伴隨著龐雜的陪葬物在玉石的墓室裏發出歷史的幽光。但我只聽到無數民伕的哀嘆，文字告訴我們歷代帝王之死大都有少女殉葬，因此放眼所及，這裏變成刑場；也許施工的設計者在完工後也被處死，惟恐洩露了密室的機關。耗費全國兩年總經費和無數性命就是爲了安頓一個人的死，而我們在他的陵闕裏讚揚石室的精雕細琢，在陪葬物裏頌揚中華文化。」自然，這段話不能涵蓋這首詩的全部，但對理解此詩有啓發作用。同時，我們從中體會到詩人對歷史的感受是尖銳的，直逼歷史深處的矛盾，揭示出人類生活的尷尬。這種站在一個人的立場上反觀歷史的姿態，與洛夫形成了鮮明的對照。所以，通過這兩首同是描寫長城的詩，我們可追尋出兩代詩人之間的承繼關係，以及年輕一代詩人在歷史意識、語言運作上的新發展。

〈杭州虎跑泉躲雨吃茶〉寫於一九八九年，是洛夫訪遊杭州的產物。這首詩禪趣盎然，化用虎跑泉的傳說，再配以杭州的人文氣氛，渲染出一種清淡、古樸而又回味無窮的情懷。整首詩寫因下雨而躲進虎跑泉喝茶，按順序鋪寫，極爲平淡，但實際上，細細體味，作者寫的是自己「覺悟」的過程，試讀最後一段：

雨聲
在飛簷之外
在如香灰般茫然的
鐘聲之外

　　當熱茶緩緩流入肺腑
　　便再也興不起
　向城裏女人借傘的念頭

向城裏女人借傘的念頭，象徵著塵緣未斷、六根不淨，而此種念頭的消除，意味著作者完全沉醉於龍井茶的清香之中，以及大自然的迷濛之中，忘卻了自我，從而獲得一種解脫和覺悟。

在詩歌中，作者藉古蹟的文化意蘊，帶給讀者一種氣氛上的烘托，以增強詩的表現力。

V

洛夫詩歌中的歷史題材，除了上述古典詩句的翻新、古典人物的吟咏、名勝古蹟的抒懷之外，還有一類是借用古籍中的小故事而敷衍成詩的，如〈猿之哀歌〉、〈愛的辯證〉等。〈猿之哀歌〉的故事出自《世說新語》，詩中極力渲染了一種痛徹心肺的母愛之情。〈愛的辯證〉出自《莊子．盜跖篇》，但作者將故事加以改造，而成爲二種格式，實際上抒寫了兩種典型的愛情心態。洛夫自己曾對這首詩有過解釋：

「這首詩與莊子的思想完全無關，我只是借用尾生這個故事，將原本男主角爲「守信而死」

(這種殉死完全是非理性的，難怪莊子要批判)，經改編並賦予一個浪漫的愛情故事架構，而轉化爲一殉情事件，這就是我情動而意生的最初構想。爲讀者提供一種莫名其妙的淒惻之美也不錯，我當時這麼想。但當第一式「我在水中等你」完成後，突然發覺這種表達方式過於通俗，甚至有點濫情，我的詩一向不止於此，而且也感到言不由衷，或意猶未盡，總覺得有加以補充，使其更形完整、更具深度，使感性的情節化爲知性的理念之必要。於是我又開始構思第二式「我在橋下等你」。

第二式是根據原有的故事來設想情節，最後發展成一個與第一式截然不同的結局。這其中的轉化頗費周折，我心中雖有一個概念，但要使它鋪展爲一首動人的情詩，而在結構上又須斟酌情節發展的層次，使能一步步展現出男主角由情感的熱到理性的冷，並獲得一個與第一式相反，卻又合理的結局，這就不是僅靠抒情手法就能奏功的。

第一式我寫得很快，從起興到完成初稿大約花了一個多小時，主要是因爲有尾生這個故事作爲醞釀的範圍，寫來不致漫無邊際，設想情節和經營意象也有線索可循。但構想第二式時，卻在腦中縈回了千百遍，幾乎花了一個下午才告完成，難處就在如何在同一個故事的基礎上，塑造不同的背景意象，以表現男主角的心理變化過程——由癡癡的等候，到河水暴漲，洶湧到腳，及腰，浸入驚呼的嘴，而面臨即將溺斃的威脅，及到知道那女子已不可能赴約，乃毅然決然選擇了「活下去」一途，最後他說：

所謂在天願為比翼鳥
我黯然拔下一根白色的羽毛
然後登岸而去
非我無情
只怪水來得比你更快

這意思就是說：我們愛的誓言仍然有效，我拔下一根白色羽毛以證明我對你愛的貞潔，我不是不愛你，只是大水無情，現實逼人，實在抱歉。說完後他將一束原本要送給她的玫瑰扔向水中，玫瑰被浪捲去，他在岸上還癡癡地希望這束花會漂到她的手中。你能說他無情嗎？

這就是我在第二式中採用的手法，一種現代戲劇反高潮的手法——使得第一式中那種「天長地久有時盡，此恨綿綿無絕期」的、癡迷的、悱惻纏綿的、非理性的愛情觀，在第二式中突然轉換爲那種「非我無情，只怪水比你來得更快」的、現實的、理性的，反諷的現代愛情觀⑫。

⑫洛夫〈一首辯證的詩〉（載於《詩的邊緣》，漢光版）。

附錄一　洛夫詩論選

幾點說明

第一，理論與實踐之間總會有距離，不可能是一一對應的關係。但不管怎樣，詩人的詩論總是反映著他自己的美學追求，有意或無意地影響著詩人的創作。更何況，詩人的詩論往往產生於詩人對於自己作品的詮釋或辯解之中，對於了解詩人的作品，不無重要的參考價值。詩人的詩論可能是片面的、零碎的，但一定是深刻的，一定是充滿個性色彩與創造精神的，而且，詩人對於自己的詩論，一定是執著的。這是詩人與理論家之間的區別。

第二，所謂古典主義、浪漫主義、現代主義等等名目繁多的「主義」，事實上都是對於某一特定時期的文學時尚之總結，是對一大羣作家的共通性之歸納。當然，另一種情形是某些作家爲了提倡某種理論，而旗幟鮮明地打出某種「主義」作爲號召。這些術語的濫用只會帶來批評的混亂，使批評缺乏精細的推敲與靈性的閃光。「主義」如果被當作標籤而到處亂貼，就毫無意義。遇到誇張，卽說浪漫主義，遇到描寫日常生活，卽說現實主義，遇到荒謬，卽說現代主義，這些偷懶的、印象式的評論，充斥於文壇，敗壞著術語的嚴格規定性。文學作品中深廣的生命搏動，在各式各樣的「主義」面前，變得枯萎。

洛夫曾打出超現實主義的旗號，但如果據此卽以「超現實主義」的標籤來概括洛夫的詩歌，則未免輕率。像「洛夫的詩是超現實主義的」這樣的判斷，空洞得沒有實質性的內容。也許，我們所有的問題應該是：超現實主義是怎樣的一種文藝思潮？洛夫爲什麼會對超現實主義感興趣？他在超現實主義的旗幟下提倡的是什麼？

第三　洛夫詩經常被指爲「晦澀」，洛夫對此有許多辯解性的文字，從中可見出他獨特的美學原則。其實，詩的晦澀問題及與此相關的「懂與不懂」的問題，單就中國而言，自二十年代以來，一直爭論不休。當李金發的詩出現時，文壇卽有激烈的筆戰，而核心乃在於：詩到底以明白清楚爲好，還是以迷離朦朧爲好。胡適認爲詩歌要「明白清楚」，象徵派詩晦澀難懂不足取。梁實秋甚至說：「是人就得說人話，人話以明白清楚爲第一要義。」（梁實秋〈我也談「胡適之體」的詩〉，《自由評論》第一二期）而邵洵美卻以爲「每個人只有他自己最明白他所說的東西的一切，在詩裏面用譬喩時，其精確非旁人所易見到；若要遷就旁人，那麼自己便不能透徹，否則一句詩每每得寫一長篇散文來解釋」，「所以『明白清楚』在詩的疆域裏毫無意義」（邵洵美〈詩與詩論〉，《人言週刊》三卷二期）。類似的爭論在三十年代、五、六十年代的臺灣、八十年代初的大陸仍有繼續。結果可想而知，那就是永遠不會有結果。唯一可以證實的是，大量的被目爲「難懂」的現代詩幾十年來並沒有消亡，而是擁有越來越多的讀者。客觀地回顧歷史，我們發現，每當有新的探索、新的風格出現時，總會有「晦澀」、「難懂」的呼聲撲向探索者們。洛夫對此有自己的看法，我們不便加以評論，但有一點是可以肯定的：任何人都不應當以自己看不懂爲由而否定一種詩潮或某個詩人的創作。那種動不動以羣衆代言人，諸如「廣大羣衆讀不懂這樣的詩」，或動不動以「連我這樣的高級知識分子都讀不懂」的口氣來判斷詩歌，是相當荒謬的，與文學批評毫不相干。

第四　下面我們選用了洛夫兩篇詩論：〈詩人之鏡〉、〈我的詩觀與詩法〉，並自洛夫不同時期的詩論中，摘錄了若干重要的章節，我們的目的是要全面地反映洛夫的詩觀；並且，將盡力避免可能令人產生「斷章取義」之後果。

詩人之鏡

攬鏡自照，我們所見到的不是現代人的影像，而是現代人殘酷的命運，寫詩卽是對付這殘酷命運的一種報復手段。

廿世紀心理學家分析現代人迷惘失落的原因主要者有三：一爲一八五九年達爾文的物種原始觀暴露了人的原性，破壞了人的尊嚴，而導致信仰的幻滅。一爲佛洛伊德的心靈剖析，發現人的潛意識是一切行爲的主宰，而使人轉而去追求歷來被理性主義者視爲惡之源的自然本能，遂引起人類對道德價値的懷疑。再就是近代科學文明的發達，使許多構成價値判斷的基本原則被澈底否定，且由於人的主觀經驗受制於科學法則的客觀性，故人成了集體組織與機械的奴僕，使生命降至科學的物質化與機械化中，因而導致精神的全部崩潰。姑不論這些分析與論斷具有多少確實性，但人的價値與希望確是在歷經兩次慘酷大戰之後粉碎殆盡，而在核子菌狀雲的陰影下，人類更緊迫地面臨生存的威脅。於是，現代人在思想上便產生了一種反叛性的人生哲學——存在主義，而整個現代文學藝術也無不在其影響下產生質的變異。

不可否認，我國現代詩十餘年來卽在吸收、轉化、實驗、修正等工作中對一系列的現代主義各流派作精華的接受，在傳統文化中擔任一個背叛、魔性的角色。因此，現代詩人在對純粹與超絕的急遽追求中，常被人指責爲晦澀難解，或虛無論者。晦澀問題在現代文學史上可說是一個本然問題，換言之，這是一個無法解決也無需解決的問題。至於認定現代詩人均爲虛無論者，這只是不公允的皮相評斷。今日中國現代詩的發展，大致上可歸納爲兩個傾向：一爲「涉世文學」之發展，（Literature engage，香港有人譯爲入盟文學，李英豪則譯爲介入文學，但究其精神本質，卽一個作者必須對人類眞實存在（authentic being）具有追尋的熱情，並以自由與行動表現之，故文學是人生與社會的一部分，引伸其義似可譯爲「涉世文學」，但與「爲人生而藝術」無關。）一爲對純粹性之追求。前者與存在主義思想有根本上的淵源，後者則是超現實主義必然產生的歸向，比較而言，後者發生的可能性及成果比前者更爲顯著。（我們不認爲超現實主義前身的達達主義是現代藝術的決定性階段，而只是一個過渡階段。）但兩者均似無那種西方虛無主義的必然趨向；因爲存在主義者認爲人除了自我之外別無立法者與統御者，人唯有自我決定，且必須超越自己始能獲得解救，始可達成自覺的目的——自覺爲一眞正的人。他們尤強調非但在神不存在的世界中人需要發現自己，而且卽使有神存在，人依然只能靠自己得救。像這種在無神的情境中尋求結論的企圖，實無意將人推入絕望之中。「上帝不存在，人自己抉擇自己，塑造自己，負責自己，人注定是自由的」，「你除你的生存之外一無所有」（沙特語），這正是以人爲本的嚴肅人生態度。超現實主義雖與存在主義之精神基礎迥異，但它仍是以人為中心，與其說它有虛無之傾向，不如說更接近超人哲學為宜。以上兩者下文均將詳細論及。

存在主義文學在本質上是反理性、反邏輯、反客觀性，而超現實主義則是從潛意識出發，背離一切傳統的規律與法則，故兩者所創造的作品均難為羣衆所接受。我們雖不敢斷定羣衆都是盲目的，但至少羣衆都不是詩意的。我們堅信而且可從文學藝術史上得到證明，有許多偉大作品之得以不朽並非依賴羣衆之普遍接受，而是少數慧眼獨具的評論家與歷史家之認定，即以喬埃斯與福克納為例，討論他們著作的文字汗牛充棟，而一般讀者看到過或讀完過他們作品的委實不多，他們不是羣衆作者，他們是作者的作者。

現代詩人之反傳統，並非指「傳統」此一整體意義，而是指一切因襲的腐敗的阻礙生長的因素，且每一個反傳統者均有其所反之重點，例如有人反叛固有之思想與精神，沙特可為其例，有的反叛該思想之模式或陳腐之確信，艾略特可為其例，而有人僅反抗其風格與限制其價值之規律。沒有人反對所有，除非那反叛的對象業已完全失去生機，猶之被風刮落之枯葉，已與本體斷絕關係，無力再生。一般人對文學上的傳統總含有幾分情感作用，很少人具有一種批評的抉擇力，而現代詩人之反傳統實具有另一種積極的意義，即創造精神之建立。

一、藝術之創造價值

創造，一如意志之自由，蘊藏著難測的奧秘。現代心理學家曾把這種表現行爲當作一項程序來研究，但仍無法解答它所提供出的本體問題。創作過程確爲一個謎，現代藝術家和詩人，尤其具有超現實精神傾向者，在從事創作之前心中並無一個具體的主體，而只作無邊際的醞釀，當時他自己並不完全瞭然他要表現什麼，及至表現過程完成，甚至有時作者對自己的作品亦不能解釋清楚。此類例子自來甚多，不足爲奇。梵谷曾對其友人梵．納伯特（Van Rappard）說：每當別人不解他畫中某些東西究係何物時，他就開心了。因爲他所要求的就是使這些東西含有一種如夢似幻的氣氛，同時當他創作時，他只是他作品的工具而不由自主，他完全隸屬於作品。

常有人謂「氣質決定內容」，或「人格決定風格」的話，大體上我們是首肯的。我們無法否認創作時作者以其全部心靈滲透到他的作品中去，但我們亦不能忽視一項事實，卽佛洛伊德所謂：「所有創造者均是雙重人格或矛盾的能力的綜合，一方面他是有著個人生活的人，另一方面他又是一種無個性的創造程序。」藝術本身確具有一種天生的驅策力量，它有如符咒般抓住一個人使之成爲它的工具，藝術家不是一個有自由意志且時時追求自己目的的人，而是一個讓藝術通過他而達到它目標的人，作爲一個社會人時他具有性格、意志及個人目的，但作爲一個藝術家時，他已非原來的自己，而是一個有更高意義的人，他能把在別人不自覺的心靈中的隱象賦予形體與生命。

因此，我們想到，一個優秀的藝術家不一定是一個優秀的社會人，而氣質不一定決定作品的內容或價值，瑞士現代心理學家楊格（Carl Gustav Jung）有一段話足可支持此一看法：

「藝術家的生活充滿矛盾，因有兩種力量在他心中衝突，一方面是渴望幸福、滿足與安全的普通慾望，另方面是超越一切個人願望的創作慾……凡具有創造才智者均須付出代價，那是沒有例外的，此猶如我們每人生來卽由上天賦予定量的能，但我們身體中最強大的力量已獨佔了那種定量之能，以致剩下來的就沒有好東西了。似此，創造力不僅耗乾了所有的能，而且爲使創造之火焰閃熠不滅，它甚至使創造者的缺陷特別發達，諸如殘忍、自私、虛榮（或稱爲自愛）以及各種惡習。藝術家之自愛猶之棄兒或被忽略之兒童，爲抵抗不愛他們的成年人，他們必須與成人的毀滅力量對抗以求自保，爲此他們便任自己的缺陷得以發展，以致終身保持一種童稚的自我主義，但他性格上的缺陷並不能掩蔽他作品中的光輝……。」

創造品乃從不自覺之深處誕生，亦可說從一幽黯之母體誕生。當創作慾最旺盛的時候，作者的整個神智便被一件不自覺的東西所統治、所捏塑，將意志及覺醒的我沖向底流，在構思中的作品決定了他的全部心理發展過程。因此我們可以說在這一時刻中不是里爾克在創造「豹」，而是「豹」在創造里爾克。

現代詩或畫與學院派藝術最大的歧異乃在前者爲創造的藝術，後者爲因襲的藝術，前者爲活的藝術，後者爲死的藝術。我們稱某某爲一創造詩人或畫家，卽對他們表示無上的崇敬，因爲他們用語言與顏色表現了一點前所未有的東西，因爲他們孜孜埋首創作時所遵循的某些法則或規律乃是由他們自己一手創始的。他們是眞的先知，後人可能在他們影響之下按照同樣的律則去作而達到類似的效果，但學院派的藝術家或詩人只像一個射擊手，對準一個業已在那裏的靶子，遵守一些業已制定好的律則來射中目標，捨此他們別無所圖，這卽是歷史上有偉大成就的藝術家詩人大多非出自學院的緣故。

現代詩人恒企圖藉創作行爲來表現他自己所有的某些觀念，此類觀念乃是詩人對人類主觀經驗與宇宙客觀事物之間的固有關係具有獨特的體認而賦予一種新的意義。讀者對這種新的意義一時不能接受是勢所必然的，因爲他們在欣賞詩時永遠訴諸一種「固定反應」（stock re-sponse），白雲狀必「悠悠」，青山色必「如黛」，這種固定的反應是藝術欣賞最大的敵人。根據美國耶魯大學教授勃魯克斯（Cleanth Brooks）與華倫（R. P. Warren）合著的《詩的瞭解》（*Understanding Poetry*）中所解釋：

「固定的反應卽讀者對文學中某一情境、題材、詞或語字常站在習俗的立場上作籠統的未經考慮的反應。廣告員爲了推銷某種商品，常利用這種固定反應把該商品與愛國心、母愛等高尚情操任意聯結在一起。好的詩人總設法在其作品中提供一種新的觀點，讀者根據此一觀點便可產生作者所要求的那種反應，而壞詩人就同撰擬廣告的人一樣，只求對付讀者心中既有的態度，那種既有的態度可能粗陋含混，但壞詩人是不加計較的。」

當然，我們並不完全否認現代藝術的交通性，但現代藝術所傳達的不是可予抽繹或可以述說的意義，而是價值的傳達。我們並非服膺於托爾斯泰的「爲人生而藝術」，我們心中的價值實爲超社會、超道德、超理性的價值，一種人類與生俱來無法剝奪的本體價值，而且相信其有傳達的可能。人與人心靈之共通，除了依賴意識之外，另有一種「集體潛意識」(collective subconsciousness)，此卽某些暗示、象徵、歧義等得以交通的另一幽徑，詩人往往卽藉此集體潛意識以傳達其觀念或價值，通過它，我們卽可在欣賞藝術時達到一種「欣賞邊際」(appreciation margin，此一名詞爲筆者自撰)。換言之，藝術之傳達與欣賞均有一個極限，超過此一邊際之極，則傳達不能產生結果而成爲完全晦澀。但我們發現所有具有創造能力的現代作者無不以能接近此一邊際極限而後快。但問題是，不是所有的欣賞者均能接近此一極限，能的欣賞而接受，不能者搖頭而歎息，故「晦澀不在於作品，而在於讀者本身」(李英豪語)，是不無道理的。這也就是爲什麼我們常說：詩乃在於感，而不在於懂，在於悟，而不在於思。

現代詩晦澀之另一原因乃爲「文字障」，以往我們討論甚多，此處不予贅述。但就詩人本身而言，語言技巧乃是他作爲詩人唯一的憑恃。詩之語字，猶如河川，任其如何滔滔奔馳，但必須在兩岸之間活動。語言之不求句法，反對固有文法，都可被允許，唯一不被贊許的是枯乾與氾濫。枯乾卽是死亡，氾濫卽失去目的。語言如不能達成表現的任務，詩在誕生時卽告夭亡。語言未經選擇與約制，卽爲濫用。但是，適度的晦澀是必要的，因爲沒有一個人必須在看清河的底流之後才承認河的存在。只要我們將必須表現的完全表現無遺就夠了。去看清那些別人忽略的，進入陌生的世界去發現那些你前所未知的，正如漢明威所說：冰山八分之七的體質是隱藏水底的。

誠如前述，一個創造詩人在完成一個作品之前，他確不瞭解他所追尋的東西爲何，亦不知實現那個東西的方法爲何，因此我們認爲藝術創造並非「目的行爲」。目的行爲是要人有意識地控制那行爲以產生一個預期中的結果。就傳統藝術而言，一個作者首先在心中設想好一個期望中的結果，他相信如果照著某些固定的方法去作，卽可獲得那個結果。雖然如此作是受到那種目的論的控制（teleologically controlled），我們要解釋它卻不需訴諸最後因（final cause），而只需訴諸有效因（efficient cause），有效因就是他求得他的結果的那種信仰與慾望。然而創造的詩人決不遵循此一程序。

縱然如此，一個詩人的創造活動仍是有其方向的，雖然他無法確切道出他要向何處去，但他確是朝著某一個地方走。爲解釋方便，我們不妨提出一個反證，卽他心中明白什麼方向是不對的。他寫了幾行突又將其塗掉，其所以如此，是因爲他已發覺那個方向導致一個錯誤的地點，於是他再行探足，另闢蹊徑，及至走到他心中認爲正確的目的地爲止。如果他自身沒有方向，顯然他便會被拉至任何方向而不予抗拒。（那麼，詩豈不是俯拾卽是？）一個詩人具有抗拒被誘入歧途的力量，也正是一個詩人必備的自我批評的力量，這種力量可使詩的創造活動有別於服從由純夢幻所引導的活動。

詩人在創造之前心中業已存有一個未知的東西，它可能是一種印象、一種感覺、一個夢幻或一個面貌不清的觀念，他必須找到一個最妥切的形體來取代它。在最初尋求表現時，他無意取悅於他人，而只供自己作批判，卽他的創造過程必須受到批評與控制。杜卡斯（C. J. Ducasse）在其《藝術哲學》（*The Philosophy of Art*）一書中表示：

「我們說藝術是意識的活動，或說藝術要受批評的約制，並不等於說在寫作之前或當時需要意識或批評的判斷，而是說批評的判斷乃是藝術創造活動不可或缺的部分……藝術不是漫無目的的東西，因此藝術的一個基本部分就是批評的判斷。」

由此我們更相信，僅僅從事一種表現行爲尚不足以稱爲一個藝術品，我們還要要求這種行爲被瞭解爲有目的之行爲，且要受到作者自己的批評。這種批評工作有人可能要反覆行之，及至他的創造品完全成爲他心中的「那個樣子」爲止，質言之，完全達到表現的客觀化爲止。這種批評行爲（卽俗稱錘鍊），任何一位天才作者均須經歷到，不同的是有人幾乎是創造與批評同時進行，而有人卻需花費很長的時間。史班德（Stephen Spender）曾在〈一首詩的構成〉（The Making of a Poem）一文中提到兩種不同的創作方式，一爲直接而完整的，以莫札特爲例證，一爲緩慢而循序漸進的，以貝多芬爲例證。前者成章之後，鮮少修改，後者往往要經過長時間的孕育和無數次的修改始克完成。一個藝術品最後完成所花費時間之多寡並不足以判定一個作者是否是天才，或作爲判斷這個作品不朽與否的根據，因爲我們只要求結果之不朽，要求這結果必須是獨創的、內觀的，且爲美學形象的完整發展。故史班德認爲：一個詩人可能獨具宿慧，審愼與有效的智力，也可能笨拙迂緩，但這些均無關緊要，重要的是必須有一個完整的目的，以及把握此一目的而勿使其喪失的能力。

詩人在從事自我批評與控制時，他何從得知什麼是對的，什麼是錯的呢？關於此點，有人曾舉出一個頗爲有趣而確切的比譬：作者之所以能知道他的對或錯，是因爲有個東西在背後踢他，每當他走錯一步，他就感到挨了一腳踢，於是試著改絃易轍，另謀出路，一直到他寫出的恰好達到他對藝術的要求爲止。誰在後面不斷的踢他呢？就是那件業已存在而未知的東西，而這東西或許卽爲靈感最初的撞擊，故他的創造行爲必須符合那靈感在他內心中所造成的震幅。儘管有些現代詩人否認靈感對於創作的重要，而僅重視思考與經驗，但並不妨礙靈感是在一件藝術品創造之前的「最初動因」(Prime mover) 這一事實。試想：「雨後晴朗的夜晚我們看到的星子能令我們感動或欣喜」，因而能「享有此一心靈的豐盈時刻」（見季紅〈詩之諸貌〉—第二度清醒），這種「感動或欣喜」有時可使人達到魂飛魄奪，渾然忘我的境地，而這時也正是某一個暗示突然進入潛意識的時候，或受到靈感的時候。實際上觀念成長的過程也就是最初心靈受到撥彈過渡到創造行爲開始之過程，但當作品達到完全成熟的階段時，那個所謂「最初動因」卻往往是以另一種面貌出現。季紅之否定靈感意在否定對它完全之依恃，而他強調觀照與思考，肯定第二度清醒，在旨意上實與我所謂「批評與控制」的說法相同。我們承認靈感這一事實決不意味著當一個詩人受到靈感之後便不再運用經驗、觀察、聯想等來培養他的靈感，發展他的靈感。

因此，我們可將創作過程分爲兩個階段：㈠新的暗示進入潛意識開始活動，亦卽受到靈感擊撞的階段。㈡培養發展和錘鍊的階段。這兩者對於藝術創造同等重要，不容偏廢。藍姆（Charles Lamb）有一段話可給我們更多的啓發：

「人們在欣賞詩的狂喜中常發現一種高漲激昂的境界，他們除了作夢或高燒時獲有類此而實非的經驗外，在生活經驗中實無可與倫比者，因此他們說詩人創造時是處於作夢或熱病的狀態。但眞正的詩人是醒著作夢的，他並未完全受他題材的迷惑，他們能控制題材的。」

由這段話，我們又觸及另一問題：許多學者（包括心理學家及精神病醫生）認爲現代藝術或現代詩完全是一種病態的表徵，例如波特萊爾的詩只是一堆病歷卡，而梵谷的畫中充滿著瘋癲的氣息。當然，從一個醫生的立場來看，也許有幾分事實。其實柏拉圖早就說過：「一個人如果在靈魂內沒有沾到一點繆斯的瘋氣，而想靠一點技藝之助走近廟門，認爲可以登堂入室，我想他和他的詩不會被接納的。頭腦清晰的人如要和瘋子競爭，他必然會消失而化爲烏有。」（見《對話錄》*Phaedrus*）但我們仍不能認爲一個眞正藝術家就是一個瘋子；藝術家的創造是有其必欲表達的旨趣的，而完全失去神智的人則不然。縱或我們承認波特萊爾的詩與梵谷的畫（尤其晚期的作品）中含有病的跡象和瘋狂的氣質，但除了這些之外，我們還能發現更多的東西，而這些東西發出的光輝與價值遠超過那種瘋狂跡象所給予我們的感受。因此，我們肯定他們的作品並非完全沒有受到意志的控制與批評而作成的。

根據創作的經驗，我們永難忘記在創造第二階段所受到的艱苦。詩人瀝血錐心，但仍無法確定他們的精力沒有白費，更無法確信他們的作品卽爲不朽。偉大的藝術家必須永嚐勞苦而帶有幾分瘋氣。顯然，如果福樓拜的靈魂從未沾到一點繆斯的瘋氣，他必無所感動，但在他完成〈包法利夫人〉之前所花的五年心血中，他曾如何忍受著殘酷的自我批評與約制，而米蓋朗琪諾、貝多芬、杜斯朶也夫斯基、梵樂希、里爾克、杜甫等無不是以智慧與心血在人類文化史上交織成一個個光輝不朽的名字。

二、虛無精神與存在主義

我們決不認爲評斷中國現代詩人具有虛無傾向卽能產生評斷者預期中的傷害的後果，因爲他們並不瞭解虛無精神之所在。

不容諱言，中國是一個依賴命運生存的民族，一個命定論（determinism）的民族。「日出而作，日入而息，帝力於我何有哉」，生老病死，一切委於天命，故亦可說是一個對「自我」

最缺乏覺醒的民族。這種「自我迷失」未始不是一種福。但近代中國在革命破壞之餘，戰禍與叛亂之餘，以及西方反理性的哲學思想與否認上帝存在的反宗教思想輸入中國後，感覺敏銳的知識分子頓時在生存與死亡之間、現實與理想之間、過去與未來之間、可超越與不可超越之間陷於一種莫知所從的懸空狀態，因而無不深切體認到一種舊道德標準與社會規範崩潰後所產生的精神上的空無。但這種空無與西方虛無主義在本質上頗爲不同，前者乃是超昇的、內省的，通過否定以求肯定的，由絢爛而趨於寧靜，而後者則是爆發的、外爍的，否定一切以求主體之自由。反價值、反文化，甚至反文學的達達主義已使西方虛無思想臻於巔峯。

「他隨同黎明而來，面對太陽說：偉大的星辰啊，假如你失去了被你照耀的人，你的歡樂何在？然後他下得山來，回到人間，向人類宣告上帝業已亡故。」這是尼采身感現代人的荒謬與悲劇後所發出的「人必須超越自我」的宣言，也是他對西洋傳統文化以及整個人類命運提出一個沉痛的抗議與挑戰。縱然現代人已對尼采哲學予以新的評價，認爲尼采面對西方傳統哲學與文化的破產而負起價值重估與價值轉換的責任，重新建立人的地位，但我們仍無法否認他精神上的虛無傾向，雖然在本質上是提升的，正如存在主義，而存在主義又大多啓發於尼采。

歐洲的存在主義一則源於宣告上帝亡故的尼采，一則源於反對黑格爾哲學之荒誕以及笛卡兒、康德等理性主義之病態的基克加德(Kierkegaard)。我們雖不能認定存在主義本身卽爲虛無主義，但作爲存在主義者領袖之一的沙特顯然是個虛無論者。在其《存在與空無》（*Letre et la* neant）一書中，「虛無」可說是他討論的唯一主題。在「嘔吐」（Nausea）中他表示：「在這宇宙之中，沒有任何什麼，絕對沒有任何什麼能夠證明我們存在的價值。」誠然，這種人生觀似乎過於超絕與偏激，這種思想對於東方人尤其不可思議，但我們當知，沙特思想形成的背景一是基克加德的影響——理性哲學之悖逆和上帝之無法尋得，一是處於德國蓋世太保時代，他從事地下抗德工作時所經歷的生活否定面，故沙特思想之產生實源於思想上的虛無與生活上的虛無。

在《存在與空無》中，沙特曾借用理性哲學的主體與客體的二分法來解釋「虛無」。他認爲「無」不待外求，它就存在實有之中，像一條毛蟲般存在他的內心，所以人感到虛無，完全由於自身使然。沙特將「存在」（being）分爲兩種：一爲「本然存有」，一爲「自覺存有」，前者爲無意識的、靜態的，亦卽宇宙萬事萬物之客體。後者乃指人類的意識界而言，雖欠穩定，但能超越時空之限制，他認爲眞正的虛無乃存於我們意念之中。此一觀體，與中國哲學之「認識論」頗爲不同。中國之「認識論」旣非笛卡兒之二分法，亦不如沙特將人的意識作爲決定「有與無」的唯一本體。中國哲學主體與客體合而爲一，如無客體之存在，主體卽失去認識之對象，此固爲無，但客體未透過主體（意識）之認定，自亦不存在，故中國人眞正的虛無乃是宇宙性的、大有的，因我們認爲此心卽宇宙，整個宇宙也存於每一粒砂礫之中，而無「本然存有」與「自覺存有」之分。此一問題因已涉及純哲學範圍，我們不再詳論。

不論是尼采式的虛無或沙特式的虛無，誠如某些論者所指出，各自有其積極之一面。他們所探討的無不是人類在宇宙中之地位與生存之目的。他們均認爲人必須對自已負責，作自我拯救，尤強調以行動爭取人之自由，恢復人的尊嚴，重視生命價值，故沙特自稱存在主義爲一種新的人文主義（有別於康德的人文主義），一種使人生成爲可能的學說。其實，虛無主義如達達之流，縱然反叛了一切，否定了一切，但它仍有一個最終目的，即爲人性保存一點「眞」——返璞歸眞。

如果我們提高一層來看，將發現反映在一切文學藝術中的虛無均是一種超越的至高境界。只要我們經常審視古今偉大作品，就會驚訝於凡出諸不朽的作者大多具有虛無的傾向，從叔本華到尼采，從杜斯朶也夫斯基到屠格涅夫，從佛克納到漢明威……無不如此；且事實上「虛無」已成爲現代文學藝術思想的一個主流。愛爾蘭劇作家伯蓋特（Samuel Beckett）寫過一個名 Waiting for Godot 的名劇，曾在歐洲各大都市上演十六個月之久，且每場均告客滿。但令我們驚異的是該劇從頭至尾貫穿著「虛無」的內容。由此足證，觀衆之所以如此喜愛這個戲劇，實由於劇中反映出他們最熟悉的經驗，即他們內心的空無之感。儘管有許多評論家對《老人與海》予以各種不同的詮釋，甚至柏恒斯（C. S. Burhans）認爲該書重新肯定諸如英勇、愛情、謙虛、團結與互助等人類道德，但漢明威的全部作品都在迫使我們相信他是一個虛無論者。他的虛無思想表現得最爲明確的是他的短篇小說 A Clean, Well-lighted Place，其中有一段如此的對話：

「上星期他曾企圖自殺。」一個侍者說

「為甚麼？」

「他感到絶望。」

「為什麼絶望？」

「不為什麼。」

「你怎知不為什麼？」

「他非常富有。」

這種超越了「非常富有」之外的絶望，對世界一切幸福之外的絶望，是何其深沉！這篇小說最後把這種思想表現得更爲澈底：「他知道一切都是虛無，此後也是虛無，虛無之後，還是虛無，我們是虛無之中的虛無，你的尊號應當是虛無，你的天國結果是一場空，你的意志也落得一場空。在天空中如此，在空曠的大地亦然……。」

像這種一切皆空的虛無論調，我們是否就斷定漢明威是一個爲虛無而虛無的作者？我們最好再引證美國名評論家華倫在〈論漢明威〉中一段話來說明：「狂暴是因他明瞭人生的虛無，因而採取某種適合這種感受的行動。換言之，他努力企圖在一個自然主義的世界中去發掘人性的價值。」（譯自 *Robert Penn Warren Selected Essays*, p. 93）再以梵樂希爲例，他可說是一個最忠於人生的象徵主義大師，但梵氏臨終時唯一的感歎是「虛無啊，虛無！」

我之所以引述以上各節並予反覆辯證，無非是求證一個事實，剖釋一個本體，卽虛無只是一種無我無物而又有我有物的精神境界，旣無關道德政治，更不需染以任何色彩而損其明澈超逸之本質。虛無並不以悲哀頹廢爲其獨有象徵，正如死亡，死爲人類追求一切所獲得的最終也是必然的結果，其最高意義不是悲哀，而是完成，猶如果子之圓熟。凡嚴肅藝術品均預示死之偉大與虛無之充盈。質言之，我們所嚮往的「無」旣非佛家頑空，漸滅空的「無」，亦非柏拉圖的 not-being，而是無限有的「無」，向上超昇而無所不被的「無」，故可說「無」乃宇宙萬物之本源。這是就其本體而言，似嫌玄空。但另方面這種「無」也具有老子所謂「無爲而無不爲」的內涵。這個「爲」字乃指外在自然生命之放縱以及內在慾念之造作而言，自然生命易於迷亂而不能自收，內在慾念的恣肆常使人陷於「登上吾不能，入下吾不悅」的迷惘，故人如能拋棄慾念，放開心襟，歸返眞我，始能「無爲」，能「無爲」方能「無不爲」。

最後我們或可以另一個象徵來說明現代人的虛無精神，那就是希臘神話中的施西佛斯(Sisyphus)。他不僅是一個荒謬的典型，而且也是一個虛無主義者，因他象徵一種明知不可爲而又不得不爲的偉大悲劇情緒。他只有付出，而無補償，只有期盼而永無答案。現代人亦卽如此，活著僅爲把一塊巨石推上山，又隨卽滾下，滾下又推上，如此週而復始，永無盡期。但就在這種無限期的悲劇中完成了一個人在歷史中的意義，也顯示人的偉大。正如加繆說：「施西佛斯是神祇的賤民，他沒有力量，但他驕悍不馴。他完全明瞭他的悲劇情況，這種淸醒的意識狀態構成他的苦刑的部分因素，同時也使他達到勝利。輕蔑能克服任何命運。」這種蔑視加諸己身的苦刑的力量，也正是人活下去的唯一力量。

三、超現實主義與詩的純粹性

兩次世界大戰曾對於整個人類文化招致急遽的變化，最顯著的是在思想上助長了存在主義的發展，在文學藝術上對超現實主義具有催生作用。我們如此說，並不意味著存在主義與超現實主義有著必然的血緣關係，因存在主義在文學上自有其代言人，如沙特之「涉世文學」與加繆之「荒謬文學」(Literature de Absurde)。如就其出發點而論，我們不能不承認其相似之處：㈠就文學之最高目的而言，兩者俱將創作當作藝術家對人生的一種態度。㈡兩者都曾企圖藉創作以重獲人類一切業已失去的自由。㈢兩者均欲掙脫集體主義的束縛，重賦個體以價值。因此我們不妨說存在主義與超現實主義乃是構成現代文學藝術眞貌之兩大基本因素，只是前者偏於精神之啓發，後者著重技巧之創新。

是以超現實主義者基本上是要破壞一切道德的、社會的、美學的傳統觀念而追尋一種新的美與新的秩序，在技巧上他們肯定潛意識之富饒與眞實，在語言上盡量擺脫邏輯與理則的約束而服膺於心靈的自動表現。

我們開始即已提到，今日中國現代詩由於對純粹與絕對之追求而向超現實主義發展（僞現代詩不在此列），或將有人對此一分析表示疑惑而指爲「捨本逐末」。論者恒以爲超現實主義是現代主義自立體派、達達派一系列運動發展下來的最後階段，而將其成長範圍局限於法國的詩或畫。表面看似如此，但盱衡目前整個國際詩壇，實際上超現實主義之影響正方興未艾，而且我們認爲它的精神統攝了古典、浪漫、象徵等現代諸流派，我們甚至可從哈夢雷特身上發現超現實的陰影。此一運動之領導人物如布洛東（Andre Breton）、藍波（Arthur Rimbaud）、阿波里奈耳（Apollinaire）等雖已相繼作古，其宣言信條亦成歷史陳跡，但其精神與由之在藝術中產生之力量是不會消逝的，且事實上如亨利·米修、普勒維、俄乃沙、甚至聖約翰·樸斯等在今天仍是法國超現實主義之重要詩人。

從純藝術觀點來看，超現實乃一集大成之流派，只要你自詡爲一個現代詩人或畫家，就無法擺脫超現實的影響而或多或少在作品中反射出那種來自潛意識似幻還眞的不從理路但極迷人的微妙境界，甚至中國古詩中亦不乏這種例證，如李商隱的錦瑟詩：

錦瑟無端五十絃，一絃一柱思華年

莊生曉夢迷蝴蝶，望帝春心託杜鵑

滄海月明珠有淚，藍田日煖玉生煙
此情可待成追憶，只是當時已惘然

這首千古絕唱曾瘋迷了多少讀者，但也困惑了多少論者，自古解說紛紜，有謂悼亡，有謂自傷，有謂戀詩，但都是望文申義，自作解人。現已有人以潛意識來作解釋，而我們認爲這正是一首屬於超現實手法的詩，雖然李商隱並未運用「自動語言」表現技巧。

在此，我們不能不首肯勒夢特（George Lemaitre）在其《從立體主義到超現實主義的法國繪畫》(*From Cubism to Surrealism in French Painting*) 一書中所謂：「正確的說，超現實主義並不是一種美學或文學上的派別。在根本上它是對整個人類的生存所採取的一種形而上的態度。我們認爲文學藝術只是一種手段，用來幫助我們達到超越的理想境地。」此一說法正與「存在主義不是一種哲學，而是一種生活態度」的表白相似。

我們並無意在此爲超現實主義某些難爲一般人接受的如純訴諸「潛意識自動表現」的技巧作說服工作，但我們不能不因創造上的需要與語字上的變化而重新對它予以認識與估價。

超現實主義的詩與那些不可理喻的幻想或神話，其妙趣異香，其神秘與本質上的眞實感，如出一轍。但超現實主義對詩最大的貢獻乃在擴展了心象的範圍和智境，濃縮意象以增加詩的強度，而使得暗喻、象徵、暗示、餘弦、歧義等重要詩的表現技巧發揮最大的效果。象徵主義與它有關，因它經常採用直覺暗示法。形上學也與它有關，因它表現出心靈深處的奧秘。故象徵派詩人與形上學派詩人均借用超現實手法去擴展想像的範圍，並以其調和諸多不協和因素的方法去拌勻更多性質迥異的經驗。舉例來說：超現實主義先驅洛特阿蒙之句：「美麗一如一架縫衣機和一把雨傘在解剖臺上邂逅的機遇。」或如形上學派詩人T‧S‧艾略特之句：「斜陽黃昏一如痲醉病人躺臥在手術臺上。」或如象徵派詩人葉芝之句：「有人面獅身的巨獸踽踽步向伯利恒。」等等都同樣出自潛意識。表現出同樣的遽然的聯想鎖環的切斷，但在感性上卻具有同樣的統一性，且產生一種意象上的驚喜與語言的火花。這或許正是柯勒雷奇（S. T. Coleridge）所謂：「不協和的各種特質的平衡或協調。」

其實，以上三位大師所採用的超現實句法，並非爲「自動表現」手法，而是運用暗示以產生價値的壓縮與意象突出的效果。這類句法在我國幾位重要現代詩人的作品中累見不鮮，不足爲奇，而且更能提供一種新的美感經驗。由此我們以爲「自動語言」並非超現實詩人必具之表現技巧。

超現實主義最成功的作品之所以使我們感動和驚奇，主要是詩人的觀察受到他對客觀事物新認識的支配。他不是以肉眼去辨識，而是以心眼去透視。這種認知不是浮面的或相沿成習的，故轉化爲創作品時能賦予事物新的意義與生命。一般人所謂「不懂」，卽由於詩人未能按照他們心中原有的認識模式（Pattern）去述說，但詩人追尋的是事物之本質。所謂「靜觀」亦卽心觀，即詩人往往在頓悟中體認出物象之原性，而不是物象的概念。所謂賦予事物以新的意義，意指詩人能透識某一事物過去未經發現的新的屬性，並攫住它，以一種最適切的形象表現之。這個能使我們對世界事物有新的瞭解與感覺的詩人，其抽象思辨能力並非一定較別人高明，唯一特出的是他具有那設計及探求一種最精巧的表達技巧的能力，藉此技能他不但可以將他的瞭解與感覺形象化，並且由於他要在他所創造的形式內找出各種意義之間的關係，他更把這種感覺與瞭解擴展且予以修正。法國的高克多、徐拜維爾、聖約翰•樸斯，美國的艾略特、摩爾、卡明斯，中國的葉維廉、瘂弦、商禽、楚戈等都是這一類長於技巧與形式操縱的詩人。當我們說：「向日葵扭轉脖子尋太陽的回聲」，這組意象所代表的內涵已超出象徵所能產生的效果，而給予其本身原有屬性以新的意義與感覺。故奧登（W. H. Auden）認爲：一個平庸詩人與偉大詩人不同之處是：前者只能喚起我們對許多事物既有的感覺，後者則能使我們如夢初醒地發現從未經驗過的感覺。

對於超現實主義的詩人，邏輯與推理就像吊刑架上的繩套，只要詩人的頭伸進去生命便告結束。布洛東賦予心靈的自由，唯一的目的是：永遠地更深入比邏輯世界、客觀世界更爲眞實的境界中去。超現實主義的口號「永遠更多的自覺」就是人類唯有在自覺中始能發現純粹之存在。試舉一最淺顯的例證：「星子點燃了夜」，這是邏輯的語法，數千年來約定俗成的「格物」之道證明這是正常的，但如果我們倒置過來說：「夜點燃了星子」，這雖然與事理相悖，但這種關係的換位（非僅如杜甫詩句「香稻啄餘鸚鵡粒，碧梧棲老鳳凰枝」的倒裝句法）造成了一種更爲眞實的情境，因唯有夜的黑暗始能顯出星的光輝。當然，我們也會憂慮到如果純訴諸潛意識，未經意志的檢查與選擇而將其原貌赤裸裸托出，勢必造成感性與知性的失調，詩生命的枯竭，而語言技巧對於詩的功用亦無從顯示。然而我們仍認為唯有潛意識中的世界才是最眞實最純粹的世界，如純出諸理念，往往由於意識上的習俗而使表現失眞。因此，我們主張一首詩在醞釀之初，獨立存在之前，必須透過適切的自我批評與控制，似此始克達到「欣賞邊際」而產生一種如艾略特所追求的介於「可解與不可解」之間的效果。

超現實的藝術是一種創造的藝術，也可以這麼說，凡創造的藝術都多少含有超現實的意味。前面我們業已提及，超現實主義者在創造過程中，首先就唾棄了傳統的美學觀念而服從純心靈的活動。創造藝術家追求眞我，眞我唯有從潛意識中獲得。加繆認為超現實主義是對虛無主義的嚮往，縱使如此，我們仍堅信只要是創造的藝術，不論它表現的是虛無、悲觀、反理性或無道德感，均可為繆斯所悅納，歷史所承認。布洛東在超現實主義宣言中說：「我們相信在表面上視為矛盾的兩種狀態——夢與現實，將來是可獲解決的，那就是絕對現實或超現實。」意卽超現實乃是破除我們對現實的執著而使我們的心靈完全得到自由，以恢復原性的獨一的我。就這一層次而言，超現實主義不僅在精神上具有超人哲學的傾向，而且在藝術創造上能產生更大的純粹性。

超現實主義的詩進一步勢必發展為純詩。純詩乃在發掘不可言說的隱秘，故純詩發展至最後階段卽成為「禪」，眞正達到不落言詮、不著纖塵的空靈境界，其精神又恰與虛無境界合為一個面貌，難分彼此，而「還原到文學以前的那種混沌狀態」（林亨泰語）。如一旦發展至此階段，則詩可能脫離文學而如音樂與繪畫取得獨立地位。依此推斷，純粹的詩（poetry）已非文學，因諸凡敍述、描寫、心靈分析或意識流等方法均不能達成一首詩的目的，所以我們認為西洋史詩只是用韻文寫成的史蹟與神話，這是文學的範疇，而非詩的境地。

純詩面貌之一乃為技巧與觀念之渾成，藝術之不朽不僅依靠圓熟之技巧，亦有賴於支持此一「技巧偉大性」的觀念。這正顯示：米蓋朗琪諾之不朽不僅是他那雙神奇的手，也是他偉大的思想。現代小說大師喬埃斯（James Joyce）與吳爾芙夫人（Virginia Woolf）運用象徵、暗示、節奏、戲劇張力和獨創字彙等方法來表現豐富的經驗內容，其技巧之高並不輸於莎士比亞、福樓拜及象徵主義諸大師，但更為重要的是他們透過這些技巧表現出現代人的困境以及對現實的敏感。觀念（即藝術家衡量人與宇宙之關係時所採取的獨特立場）與技巧實為一體之兩面。葉芝（W. B. Yeats）在讀過〈尤里雪斯〉（Ulysses）與〈波濤〉（The Waves）後慨乎言之：「它們從我的內心氾濫出來將我淹沒，且溶化了由一切線條與色彩劃成的界限。」純粹的作品均不可以二分法來判斷其價值。

我們判斷一首詩的純粹性，應以其所含詩素（或詩精神）密度之大小而定。所謂詩素，即詩人內心所產生的並賦予其作品的力量，這種力量在讀者欣賞時即成為一種美的感動，波特萊爾稱之為「人類對於崇高至美的熱望」。美感（並非美文）之作為詩的主體，在歐洲還是馬拉美以後的事，（十九世紀中葉，法國詩人卽已企圖把詩的主體與其他東西的主體確切分開而使之卓然獨立。）在傳統詩中，美的感動乃附麗於內容，配屬於所謂「志」，美僅是詩中所表達之意念的飾物而已。

對於詩素解釋得較爲妥切的當推梵樂希，他說：

「當人們遇到一如受到壓迫似的一種自然景色時，多少會產生一種純粹感應。這種感應與其他的感應不同，而是與整個宇宙相應合，卽以一種與普通全不相同的方式相結合而形成一種關係完整的體系，一個充實的世界。」這種內心狀態卽爲詩精神之所在，也正是我們所追求的物我兩忘或天人相通的世界。此一世界與超現實階層的夢幻不同，夢中的形象乃是偶然的非調和的，且脆弱不能持久，縱然偶而捕捉到，但易於失去。純詩中所展示的乃自然之本體，眞境中之隱秘，衆生命力之精髓。

根據以上分析，東方人實較西方人更易在詩中達到純粹與超絕的理想。詩與藝術在東方人眼中確具有一種嚴肅的價值，表現在詩或畫中並不重視那可抽離的含意，「志」僅列於附麗的地位。詩之出現被有諸多的態，而表現這些態的唯一媒介爲語言。中國語言發展頗爲特殊，由於受到單音的限制，其發展多趨於簡單之句法，其優點爲易於造成警句，缺點是易於產生歧義（Ambigurity），不宜擔任分析工作，但對於詩，前者可產生極大的暗示效果，後者可增加詩的張力，這兩者均爲純詩之重要因素。如以性質分類，可說歐美的語言是科學的語言，中國的語言是文學的語言，故中國詩人追求純粹與超現實較歐美詩人爲易。

結 語

當我國文學批評尙待發達之際，如對中國現代詩之演變妄作預言，實爲危險之事，而欲對其未來發展之趨向設想一個指標或擬想一種風格，尤屬不智。但我們仍可根據現代藝術某些基本因素，與乎整個文學的演變史看出一些可能性，並道出我們自己的期盼。譬如純粹、絕對、完整（感性與知性之調和）、自足等均一向爲現代詩人追求的理想，而詩自古典、浪漫、象徵以降均日漸由羣體趨於自我，由純情歸入純靈。我們並不以爲超現實主義即爲今日中國現代詩發展之唯一趨向，因藝術之創造決不是任何主義流派所能局囿的，但目前在對詩的純粹性要求之下，我們仍認爲超現實主義的諸如「類似聯想法」、「直覺暗示法」、「時空觀念之消滅」等技巧是我們表現所需要的方法。當然，完全乞靈於潛意識或夢幻勢必有更多的僞詩假其名而行之，且將形成大一統的風格，因此我們在前文中特別強調藝術的獨創價值以及批評與控制。唯能如此，我們的詩才會在純粹與絕對之餘求得完整渾然、自供自足，似此其生命始能萬古常新。這或可稱之謂超現實主義之修正。

今日臺灣眞正具有現代精神與技巧的詩人寥寥無幾。中國現代詩的命脈在臺灣，而臺灣現代詩的前途則繫於少數幾位詩人，這種推論諒非武斷。嚴格地說，凡是已成名為大衆社會所接受的詩人都已不是澈底的現代主義者了。因為他為了獲取令譽勢必與他前所唾棄的對象妥協而被迫走向傳統與羣衆。史班德所謂「現代主義運動業已告終」（The Modernist Movement is Dead），並非如一般人誤解為現代主義的精神已經消滅，而只是他對歐美許多現代主義者因個人獲得在社會一面的勝利而背叛了以往那種赤裸的、純粹的、孤絕而獨創的風格，終化為一種「討好」作風與新學院派之腐朽氣味，表示深切的惋惜與悲悼。「現代」一詞，實際上具有兩層意義，一為時間性，一為獨創性，而且我們相信，只要是創造的，必然是現代的，只要是純粹的，必然是永久的。

我們詩壇年來常有某些胸懷狹隘、趣味淺薄的新學院派詩人，對一些在作品中表現高度創造力的詩人濫入「欲加之罪」，諸如虛無主義、性變態、現代病等等。我個人對此類問題的看法自信比較客觀。虛無主義，我已在前文中討論甚詳，不再引述。至於「性」之成為詩之題材，自佛洛伊德發現人類潛意識對現代文學之影響後，已毫不為怪。我們認為被心理學家及傳統社會視為不道德或病態的觀念，一經通過美感經驗與高度技巧處理之後，已成為一個藝術創造品，而不再是那種觀念的原型。現代詩本無題材之限制，對於一個善於運用象徵與暗示的詩人，無物不可入詩。性為人類生生不息之本源，亦為藝術中最原始最嚴肅之題材，詩人可使其神聖化而超越道德的界限。以性為內容的詩，古今不乏其例，英國詩人柯勒雷奇的名作〈忽必烈汗〉（Kubla-

Khan) 卽爲一首對男女性器官含有強烈暗示的詩，但我們讀後並未有任何「汚穢不潔」之感。

其次，所謂「現代病」，其實就是詩人追求新的表現手法時勢必具有的一種狂熱。「語不驚人誓不休」，正是求新求進步的精神，何容諱病！向外人借鏡，從而轉化爲自己獨特的技巧，更應鼓勵。一個具有才能的詩人，他能吸收他人營養，亦能創造自己世界，縱使在早期他因過於積極與狂熱，表現技巧亦欠圓熟，自難免產生一些生澀的作品，但我堅信，只要他永持這種嚐試精神，揚棄陳腐，創造生機，時間將證明他的不朽。湯瑪士 (Dylan Thomas) 曾被傳統社會罵爲「該死，他是一條下賤的狗」，卡明斯 (E. E. Cummings) 亦被責爲「文學的敗家子」，但他們仍不失爲現代詩中的大師，在英美文學史上已有定論。能臻於此，實應歸功於他們早期的「現代病」。

讀完本文的前部分後，深信讀者對《石室之死亡》的藝術思想與創作過程當已有一個概括的瞭解。歸結來說，本文所探討的不僅是一般性的詩論，而且是我創造《石室之死亡》數年來由思到悟所累積成的一些對詩的認識，並經過否定、修正後所獲的結論。詩是一種自身俱足的主體，實不需任何理論來支持，因此前文各項論點乃是由我個人創作經驗中所提供出的某些角度，而不能算是我一貫創作的法則或準繩。

「石」詩發表之初，讀者一般的反應是驚異多於毀譽之批評，而其特徵爲艱澀難解，寫至三十節時卽有人建議不必再續，但一年之後竟有詩友鼓勵我再寫下去。創作純係個人的事，何時另關蹊徑，作者心中自知。「石」詩之內涵究竟爲何？我唯一的答案是：「它就是詩中的那個樣子。」我確曾在作品中對生與死提供了一些傳統反面的觀點，但這些觀點並非哲理性的，而是透過繁複的意象轉化爲純粹的詩。「石」詩歷經五年的錘鍊，數月的修改，始克出版，足證我對該詩態度之嚴肅。很少作者在他作品曾經發表編印成集時復大加修改，我如此作，並非爲遷就讀者，而是在不斷的自我否定自我提升中對某些意象之塑造作必要之修正。有的可能較前明朗，有的也可能更爲艱澀。至於「石」詩之創作動向與意圖，李英豪的分析與評論頗爲客觀，對讀者之鑑賞，不無幫助。

《石室之死亡》詩集自序一九六四年十一月於臺北內湖

我的詩觀與詩法

一

在現代詩的探索過程中，風格上我曾有過數次的演變。也許由於詩的蛻化就是生命的蛻化吧！幾乎我的每一個詩集卽代表一種迥然不同的心境和生命情態，但在精神上，我仍像在《石室之死亡》時期一樣，維持著一貫的執拗：卽肯定寫詩此一作爲，是對人類靈魂與命運的一種探討，或者詮釋，且相信詩的創造過程就是生命由內向外的爆裂、迸發。我之迷戀於詩，而鮮作其他文體的嚐試，卽基於對這種無形的內在力量的強烈信念。當然，詩人的另一個力量是來自想像，但想像畢竟只是美學上的一個因素，詩人才能之一；富於想像力者固然可以成爲詩人，但不一定能成爲一個挖掘生命、表現生命、與詮釋生命的現代詩人。因此，在如此沉重而嚴肅的「使命感」負荷之下，我一直處於劍拔弩張，形同鬥雞的緊張狀態中，既未敢輕言「寫詩只不過是一種遊戲」，也未曾故作瀟灑地說：「沒有詩，照樣活得好好的。」我倒無意強調，不寫詩就活不下去。而確實覺得，詩能使我在這個世界活得更有趣、更充實、更有力量。

然而，近年來我的詩觀竟有了極大的改變，最顯著的一點，卽認爲作爲一種探討生命奧義的詩，其力量並非純然源於自我的內在，它該是出於多層次、多方向的結合，這或許就是我已不再相信世上有一種絕對的美學觀念的緣故吧！換言之，詩人不但要走向內心，探入生命的底層，同時也須敞開心窗，使觸覺探向外界的現實，而求得主體與客體的融合。

在對眞實（reality）的探求上，詩人的途徑各有不同。T·S·艾略特的觀念中只有一個超自然的或形而上的精神世界，反之，華勒士·史蒂文斯則認爲除了由想像所創造的感官世界之外，宇宙中別無他物，詩的功效卽在爲詩人自己，也爲讀者提供一個可予享樂的現實世界；前者過分強調內傾，後者過分側重外向，二者都是一種執拗。經過多年的追索，我的抉擇近乎金剛經所謂：「應無所住，而生其心」。我們的「心」本來就是一個活潑而無所不在的生命，自不能鎖於一根柱子的任何一端。一個人如何找到「眞我」？如何求得全然無礙的自由？又如何在還原爲灰塵之前頓然醒悟？對於一個詩人而言，他最好的答案是化爲一隻鳥、一片雲，隨風翺翔。

從我早期的《石室之死亡》詩集中，讀者想必能發現我整個生命的裸裎，其聲發自被傷害的內部，悽厲而昂揚。當時，我的信念與態度是：「攬鏡自照，我們所見到的不是現代人的影像，而是現代人殘酷的命運，寫詩卽是對付這殘酷命運的一種報復手段。」於是，我的詩也就成了在生與死、愛與恨、獲得與失落之間的猶疑不安中迸出來的一聲孤絕的吶喊。十年後，我卻像一股奔馳的激湍，瀉到平原而漸趨寧靜，又如一株絢爛的桃樹，繽紛了一陣子，一俟花葉落盡，剩下的也許只是一些在風雨中顫抖的枝幹，但眞實的生命也就含蘊其中。「吾所以有大患者，爲吾有身」（老子），對外而言，此「身」正是奔馳不息的激湍，或絢爛一時的花朵，對內而言，此「身」未嘗不可視爲源自潛意識的慾念，從兩者中都難找到這顆心的安頓之處。我們發現，外國作家動輒自殺，例證甚多，法國超現實主義者甚至把自殺視爲一種殉道行爲，且死前還要犬儒式地宣稱：「以結束自己生命來使他的哲學獲得一個合理的結論。」而中國作家之所以不作此圖，主要是因爲他們尚無人享受到世界性的榮譽。這雖是一個笑話，但也有其嚴肅的一面，這正顯示中國作家能使他精神世界與物質世界所引起的衝突，在透過文學形式所建立的新秩序中得到調和，如能達到「贊天地之化育，與天地參」的境界，自殺自爲一種不必要的愚行。

「眞我」，或許就是一個詩人終生孜孜矻矻，在意象的經營中，在跟語言的搏鬥中唯一追求的目標。在此一探索過程中，語言既是詩人的敵人，也是詩人憑藉的武器，因爲詩人最大的企圖是要將語言降服，而使其化爲一切事物和人類經驗的本身。要想達到此一企圖，詩人首先必須把自身割成碎片，而後揉入一切事物之中，使個人的生命與天地的生命融爲一體。作爲一個詩人，我必須意識到：太陽的溫熱也就是我血液的溫熱，冰雪的寒冷也就是我肌膚的寒冷，我隨雲絮而遨遊八荒，海洋因我的激動而咆哮，我一揮手，羣山奔走；我一歌唱，一株菓樹在風中受孕，葉落花墜，我的肢體也隨之碎裂成片；我可以看到「山鳥通過一幅畫而溶入自然的本身」，我可以聽到樹中年輪旋轉的聲音。

我的頭殼炸裂在樹中
卽結成石榴
在海中
卽結成鹽
唯有血的方程式未變
在最紅的時候
灑落

（摘自〈死亡的修辭學〉）

這些都是近年來我詩中經常出現的意象，也是我心的寄託。在詩中，這顆心就是萬物之心，所謂「眞我」，就是把自身化爲一切存在的我。於是，由於我們對這個世界完全開放，我們也就完全不受這個世界的限制。

超現實主義極終的目的也許在求取絕對的自由，因而自動性（automatism）成爲一個超現實主義者的重要手段，最後的效果或在：「使無情世界化爲有情世界」，「使有限經驗化爲無限經驗」，「使不可能化爲可能」，希望一切能在夢幻中得以證果。但不幸超現實主義者犯了一個嚴重的錯誤，即過於依賴潛意識，過於依賴「自我」的絕對性，致形成有我無物的乖謬。把自我高舉而超過了現實，勢必使「我」陷於絕地，而終生困於無情世界，囿於有限經驗，人永遠是一種「不可能」。現實是超乎概念的，一個詩人如要掌握現實，就必須潛入現實的最底層，撫摸它，擁抱它，與它合而爲一。

我對超現實主義者視爲主要表現方法的「自動語言」，尤爲不滿，但我卻永遠迷惑於透過一種經過修正後的超現實手法所處理的詩境（我不否認我是一個廣義的或知性的超現實主義者，「知性」與「超現實」也許是一種矛盾，但我企圖在詩中使其統一），這種詩境只有當我們把主體生命契入客體事物之中時，始能掌握。當我想寫一首「河」的詩，首先在意念上必須使我自己變成一條河，我的整個心身都要隨它而滔滔、而洶湧、而靜靜流走；扔一顆石子在河心，我的軀體也就隨著一圈圈的波浪而向外逐漸擴散、盪漾。這種「與物同一」的觀念，在我近幾年的作品中愈來愈爲明顯，例如〈不被承認的秩序〉、〈死亡的修辭學〉、〈大地之血〉、〈詩人的墓誌銘〉，以及最近完成的〈裸奔〉、〈巨石之變〉等，俱是如此。

〈詩人的墓誌銘〉一詩，是寫給所有與我詩觀相同的詩人的，這是一首說理的詩，雖不完全像十八世紀英國詩人頗普的那首〈批評論〉（An Essay on Criticism），但能具體而完整地表達出我新建立的詩觀，這是其中的一節：

主要乃在
你把歌唱
視為大地的詮釋
石頭因而赫然發聲
河川
沿你的脈管暢行
激流中，詩句堅如卵石
真實的事物在形式中隱伏
你用雕刀
說出萬物的位置

二

在風格的演變中，我要掌握的另一個因素是意象語的鮮活與精鍊。我覺悟到，寫詩猶之挿花，安排意象應先求疏落有致、濃淡得宜，才能進而爭奇鬥勝。秩序是必要的，儘管這種秩序不必限於一般的詩律，甚至可能反詩律，但仍須有一種個人制定的秩序，那怕是「不被承認的秩序」。完成此一秩序最艱苦的工作可能是「尋言」。不錯，在理論上，思想與語言是一體的，同生同滅，但在創造過程中，內心先有朦朧的詩意，而後尋找適當的語言予以表達，或先有一個感性特強的詩句，經過醞釀、剪裁、配置而後產生詩意，這都是常有的現象。不過，如何求得貼切的、鮮活的，或為表現某種特殊心象所需的語言，實為一個詩人最大的挑戰。

在對語言的經營中，我以往過於側重意象的鑄造，致有時怯於割捨，或疏於選擇而形成浪費。因此，愼選語言，並進而將其錘鍊成為精粹而鮮活的意象，便成為我近年來特別關注的課題。就在這段嚴格的自我批評與語言實驗期間，我作品的風格一變再變，反覆不定，有繁複轉折如〈月問〉、〈黑色的循環〉、〈嘯〉、〈巨石之變〉者，也有輕靈淡遠如〈白色之釀〉、〈隨雨聲入山而不見雨〉、〈金龍禪寺〉、〈下午無歌〉者，有感時抒懷如〈獨飲十五行〉、〈無非〉者，也有詮釋個人思想如〈雪〉、〈不被承認的秩序〉、〈詩人的墓誌銘〉者。大致說來，我尚能在作品中把握自己的詩觀，顧及一首詩整體美的呈現，尤其念念不忘於節奏的自然發展。

風格互異，創作時的情況自然也不相同。我寫詩絕大部分是在夜闌人靜時進行，每當燈下獨坐，舒紙展筆之際，如胸中風嘯雲捲，波濤澎湃，意象一個接一個地湧現，大多能意到筆隨，甚或筆不及書，其結果通常是一首所謂「重工業型」的長詩，但有時苦坐沉思，或繞室徘徊，偶然從裊裊煙圈中發現一閃火光，隨即像捕捉蝴蝶似的匆匆將其攫住，然後往紙上一壓，其結果可能是一首「輕工業型」的小詩。比較說來，前者往往需要寬敞的心靈空間，以便作長時間的醞釀。

對於詩人，醞釀工夫極端重要，這也正是由米變飯，由飯變酒的必要過程。

最令我自己不解的是，有時我會在極偶然的情況下，任意揮灑出一些「無心插柳」的作品；這就是說，這些詩往往是我自己並不以爲然，而大多讀者卻給以出乎意外高的評價，〈獨飲十五行〉、〈金龍禪寺〉、〈有鳥飛過〉、以及〈裸奔〉等卽是如此。這些詩通常是未經苦思，遽爾成篇，好像它們早就隱伏在一不自覺的暗處，呼之卽出。詩貴創造，而創造當以自然爲佳。所謂「自然」，大概就是像一株樹似地任其從土壤中長出，因而宇宙的秩序、自然的韻緻、生命的情采也就都在其中了。

今日詩壇，反晦澀已成爲某部分讀者批評現代詩，以及同代詩人攻擊異己的戰術之一，而我也曾一度成爲被圍攻的對象。晦澀不可成風，本爲有心人的針砭，但「晦澀」一詞通常由於使用者言之泛泛，未作界說，其本身反而先晦澀起來。文學史中，晦澀的詩所在多有，而且多爲大詩人的作品。如就詩的構成而言，晦澀因素甚多，諸凡暗喻、象徵、暗示、以及形而上的與禪詩等手法，都是造成程度不等的晦澀的原因。無論如何，我們不能僅以「看不懂」此一理由而否定其潛在的意義與價値。嚴格說來，「晦澀」是一回事，「隔」是一回事，「亂整」是另一回事，三者不能混爲一談。「晦澀」是思想與風格問題，「隔」是境界問題，「亂整」則是作者道德問題，但都與語言之處理有關，所以我常說，詩人是淸醒著做夢的人；他可以是詩的奴隸，但必須是語言的主人。另外，讀者對詩的接受，層次各有不同，有的追求詩中的散文意義，有的僅求感通，有的偏好詩中的玄想，有的迷於詩中如夢的情趣，故詩的「可欣賞性」，往往因讀者而異。對我個人而言，我寧取輕度的晦澀，而捨毫無藝術效果的明朗。不必否認，我確曾寫過不少一般認爲晦澀的詩，要者如《石室之死亡》，我也曾改絃易轍，寫過許多所謂「明朗」的詩，如〈西貢詩抄〉，與乎本詩集中的大多數作品。然而，令人驚異的是，縱然明朗，竟仍然有許多讀者看不懂，反而晦澀的詩卻一再受到批評家的論析與評價。由此可知，「不懂」實在只是個別情況與層次問題，而且我始終相信「詩有可解，不可解，不必解者，若水月鏡花，勿泥其迹可也」（謝茂秦語）這種說法，說是迷信亦無不可。

其實，現代詩發展到今天，清者自清，濁者自濁，晦澀成風的現象已成過去，問題嚴重的反而是因要求明朗化的矯枉過正而形成詩的散文化，此一傾向，近年來尤因「大衆化」一詞的濫用而益趨惡化。一般讀者不能欣賞詩，主要原因乃在他們素來習慣散文的讀法；直達作者的堂奧，既暢快又方便，迂迴轉折，太費心神，更不要說一逕通幽的象徵或暗示了。他們讀得懂的詩大多文法清晰，結構無不邏輯，但不幸他們讀的正是散文。爲了大衆化，勢必散文化，唯其散文化，始能大衆化，於是便形成一種惡性循環。一首難懂的詩，縱然障礙重重，其中含有可予衍生和轉化的意義，可能性很大，但一首看了就懂，懂後發現不過如此，既無味可嚼，又無思可想，其本身是毫無可能的。我想，辨識詩與散文最簡單而又最有效的辦法，就是把詩的分行形式改爲散文的續接形式，結果如發現只不過是一篇「通曉明暢」的短文，這必然是一首僞裝的詩。實際上，僞詩也有兩種，一種情況是結構混亂，意象堆砌，情感氾濫，另一種情況是敍述分明，交代清楚，但毫無詩素可言，前者固不足爲法，後者卻成了走大衆化路線的所謂「新現代詩」的致命傷。

基本上，我的一貫詩法是「以小我暗示大我，以有限暗示無限」，而且深信：詩是透過個人經驗，冷眼觀世界的東西，瀟瀟灑灑，無拘無束，與現實的關係是不即不離，既是詩人生命情采的展現，也是時代與社會的脈搏，雖無實用價值，卻須提供一種有意義的美（a significant beauty），我所謂詩的「純粹性」，僅此而已。

有個時期，我頗心儀形而上的詩，但終因難以掌握其中的玄奥，且不習慣那種以情喩理的表達方式，致一無所成。我也曾迷戀過惠特曼，且一度認爲目前臺灣全心全力投入經濟建設，亦如美國當年移民初期之大草原建設，我們詩壇正需要他那種以個人爲基點，歌頌生命與創造，結構雄渾，氣勢磅礴的史詩形式，但我也僅止於心嚮往之，無力嚐試。由於不滿早年自己的狂熱詩情，另一個時期我曾揚言要寫一些「冷詩」，冷詩並非理性的詩，亦非泰戈爾式的哲理詩，具體地說，王維的詩境庶幾近之，但又不僅限於淸風明月，卽盡量抽離個人的情緒與成見，以求詩質的冷凝，迭經實驗，可觀者不多，僅〈有鳥飛過〉、〈某小鎭〉、〈金龍禪寺〉、〈屋頂的落月〉等七八首而已。

此外，我也曾對華勒士·史蒂文斯動過心，並試譯過他一部分作品（載於《幼獅文藝》二三三期）。我發現我與他的詩觀頗爲相近，譬如他認爲「詩不是事物的觀念，而是事物的本身」，這正與我的看法不謀而合。他的詩法確有獨到之處，他是一位「思想性」的詩人，「理趣」也許就是他取勝之所在，臺灣有人摹倣過他，但僅襲其皮毛而已。我曾借用他的詩題「十三種看山烏的方法」，以及姜白石「數峯清苦，商略黃昏雨」的詩句而綴成「清苦十三峯」作爲詩題，後有人據以妄稱，我這首詩是受到史蒂文斯的影響，讀者參閱我與史氏的作品後，當知其不確，這是附帶的一點說明。

總之，我的文學因緣是多方面的，從李杜到里爾克，從禪詩到超現實主義，廣結善緣，無不鍾情，這可能正是我戴有多種面具的原因之一，但面具後面的我，始終是不變的。

三

我曾在給友人的一封信中說：詩人出版一本詩集，其嚴重性猶如結一次婚。以往我出的幾個集子，都跡近野合，草草了事，事後雖不致休了她們，但至今看來，一個個都成了不堪回首的黃臉婆，故這次結集交《中外文學》出版，是寄予極大的期許的。詩稿交印後，書名卻大費思量。我曾在《創世紀》三十二期發表一輯〈魔歌六首〉，但事實上並沒有〈魔歌〉這麼一首詩，我一時興起，便移作書名。詩集命名《魔歌》，其義有二，一爲魔鬼之「魔」，一爲魔法之「魔」。

近年來我常被許多學院批評家拿到手術臺上作臨床試驗，抽筋剝皮，好不慘然。顏元叔教授嘗謂我因受超現實主義影響而「走火入魔」；詩之成魔，似非中國文學傳統的正道，如韓愈生於現代，我也勢必成爲他撻伐的對象。我寫詩從未焚香沐浴，正襟危坐，板起面孔在詩中闡揚正教名倫之道，我寫性、寫戰爭、寫死亡，詩味既苦且澀，又不守詩律，難怪顏元叔與朱炎兩位先生曾先後半褒半貶地說我有「不羈野馬的詩才」。我自知詩才有限，而狂放不羈倒是實情，尤其近來我已由「樂詩不疲」而趨於「玩詩不恭」的境地，「翻譯秘訣十則」卽爲例證，於此焉得不魔！

詩之入魔，自有一番特殊的境界與迷人之處，女人罵你一聲「魔鬼」，想必她已對你有了某種欲說還休的情愫。古有詩聖、詩仙、詩鬼，獨缺詩魔，如果一個詩人使用語言如公孫大娘之使劍，能達到「爗如羿射九日落，矯如羣帝驂龍翔」的境界，如果他弄筆如舞魔棒，達到呼風喚雨，點鐵成金的效果，縱然身列魔榜，難修正果，也足以自豪了，唯我目前道行尚淺，有待更長時間的修煉。

《魔歌》詩集自序一九七四・十・二十

事實上，對於一個能預期成爲大器的作家，我們似乎無法將其作品歸入某一特殊的主義或派別，他必然是一個滙各種思想於一身，熔各家技巧於一爐之集大成者。但我們敢斷言，超現實精神仍然是他能達到超越境地之重大因素，原因是凡一個有抱負的作家基本上都是一個藝術上的反叛者、創新者，都多少賦有一種超現實主義者的氣質與才能。

（〈超現實主義與中國現代詩〉）

根據以上的回顧與分析，我們可把超現實主義的特質歸納爲下列三項，並逐一加以檢討：

一　它反抗傳統中社會、道德、文學等舊有規範，透過潛意識的眞誠，以表現現代人思想與經驗的新藝術思想。

二　它是一種人類存在的形而上的態度，以文學藝術爲手段，使我們的精神達到超越的境地，所以它可說是一種新的哲學思想。

三　在表現方法上主張自動主義（automatism）。

（〈超現實主義與中國現代詩〉）

我經常被人視爲一個中國的超現實主義者，但事實上我在寫〈石室之死亡〉一詩之前，尚未正式研究過超現實主義，而且我作品中的血系純然是中國的。但我們詩壇爲甚麼會形成這種傾向呢？答案極爲簡單：就是凡有高度敏感，在藝術創造上有抱負的詩人都可能是一個超現實主義者。我們在藝術史上發現，大凡偉大藝術的形式中都含有超現實的精神因素。藝術創造的過程，卽是一項介於意識活動與潛意識活動之間的過程，一個富有高度純粹性的創作品很可能就是一個超現實主義者的產品。

（〈超現實主義與中國現代詩〉）

超現實主義詩人除了向上飛翔此一過程之外，他還有另一個對等的過程。根據布洛東的理論，那就是往下沉潛，自由自在地潛入夢幻中去。詩人的意識不能過於淸醒；人在夢中可以從事一種原始的本能活動，據佛洛伊德分析，在夢中我們的欲望完全得以釋放，因而能享受到片刻的眞實與自由。唯有通過飛翔與沉潛，超現實主義者才不致爲現實所奴役，才能使自我如魚躍於淵，龍飛於天，了無掛礙。

但對一個廣義的超現實主義詩人來說，他不僅要能向上飛翔，向上沉潛，更須擁抱現實，介入生活。懷德海（Whitehead）曾舉例說明一個現代哲學家的特質說：「一個哲學家就像一架飛機，他可以直沖九霄雲外，自由飛翔，但有時他也必須降落地面，補充燃料。」一個詩人更是如此。我國具有超現實精神的詩人，其作品都是介乎現實與超現實、意識與潛意識、可解與不可解之間。

（〈超現實主義與中國現代詩〉）

一般論現代詩者，都以五四時代的白話詩爲其先導，但根據以我們所持文學發展的觀點，中國現代詩不僅與古詩不發生連鎖關係，甚至與五四時代的白話詩也是貌合神離，縱然在工具上兩者都使用語體文，但現代詩並不等於白話詩；我們最多視白話詩爲現代詩形式上的粗胚，而後者在素質上尤趨純粹，精神上尤富知性，語言上尤臻精鍊（有關白話詩的發展，論者甚多，此處不贅）。現代詩最大的成就乃在批評精神的發揚和語言的實驗，而語言的實驗又可從意象的經營中見出。對於一個現代詩人，語言已不僅是傳達觀念與情感的通用媒介，而是一個舞者的千般姿態、種種風情。某些詩人甚至企圖使詩成爲一切事物和人類經驗的本身。白話詩人的失敗即在於未能掌握語言的魔力及其可塑性，且未能使其內在經驗客觀化，使敍事說理的語言化爲意象的語言、暗示的語言。

（〈中國現代詩的成長〉）

對於一種創新的文學形式，傳統自然是一項極爲頑強的阻力，故反傳統往往成爲文學革命初期最爲高昂的口號，中國自五四到現代，情形一直如此。遺憾的是一般傳統維護者僅勇於責人，而盲於對傳統本身的體認，璣珠砂礫，一體呵護。實際上現代詩人的態度激進中有審愼，他們既反傳統也忠於傳統，反叛的自是僵死的格律，因事比興的表現方法，與乎某些陳腐和實用的文學觀念。

至於忠於傳統的一面，我們可從哲學的和美學的兩方面來討論。前者是指詩人對自然的態度，後者是指中國傳統詩中某些萬古常新，至今猶爲歐美詩人不解而又渴望獲取的素質。中國詩人與自然素來具有一種和諧的關係，我心卽宇宙，「贊天地之化育，與天地參」，主體與客體是不可分的，所以詩人能作到虛實相涵，視自然爲有情，天地的生機與人的生機在詩中融合無間，而使人的精神藏修悠息其間，獲得安頓。這種思想雖不爲中國所獨專，但確構成了中國詩一種特質。中國詩人所謂的「靜觀」，正是透過這種人與自然的關係以探索事物本質的最佳方法。

（〈中國現代詩的成長〉）

對一個中國現代詩人來說，所謂「現代詩」，並不純然就是西洋現代主義的產物，也不僅意味著一種時代性的新文學形式，或一種語言與技巧的革新（如中國三十年代的詩），而更重要的乃是一種批評精神的追求，新人文主義的發揚和詩中純粹性的把握。因爲是批評的，它能藉知性的活動從生命消極的一面去了解生命積極的意義；因爲是新人文主義的，它能反映出個人在巨大的時代之流變中所遭遇的困境，以及他面對此一困境所顯示的力量；因爲是純粹的，它能突破以上兩項因素，不致使詩淪爲名教的附庸而達到直指人心的效果。

（〈中國現代詩的成長〉）

因此一個傑出的詩人，與一個平庸的詩人，其區別並不完全在於不出世的思想與情感，而在於驅使語言文字的能力，也就是匠心獨運的表現。我們常因詩思枯竭而自嘆「江郎才盡」，其實一個稟賦深厚的詩人就像一座鑛山，愈挖愈見富饒，所謂「才盡」者，只是指一時失去對語言調配的能力，這時「變化」實在就是天才的另一名字。我們有時先獲意境，然後捕捉語言，但更多的時候是先得佳句，而後意出，這或可稱之爲「神來之筆」。生銹的不是思想，而是你的筆，靈感愈寫愈如泉湧。任何詩人都有修改的經驗，修改卽是將語言的位置作新的調配。每一詩人的語言都有一個不同的基調或基形（pattern），使用日久，語言的機能日趨痲痺，而往往成爲再三的自我變奏，且由於詩人間的相互影響，而使詩的語言成爲流行調，生機盡失。鮑照〈上潯陽還都道中〉詩有句：「侵星赴早路」，唐人郭良〈早行〉詩則謂「早行星尚在，數里未天明」。杜牧〈清明〉詩云：「借問酒家何處有，牧童遙指杏花村」，而宋祁〈纏纏道〉則改爲詞云：「醉醺醺尋芳問酒，牧童遙指孤村，杏花深處那裏人家有。」以上兩例語意相同而形式全非，但郭良與宋祁卻能賦予文字一種新的感性，因而產生一種新的趣味，詩人最大的能力之一就是對語字選擇時具有一種特殊敏銳的感應。

（〈詩的語言〉）

詩之能引起人的共鳴與感悟，並不僅僅在於強烈情緒的激盪，更在於詩中境界的超越性，使讀者獲得心靈淨化與精神提升的效果。事實上，人的情緒有詩的與非詩的之分，在我們日常生活中，這兩種情緒往往混淆不清。這也正是一般人把僞詩當作眞詩、把好詩當作壞詩的原因。當我們面對一片自然美景如夕陽、落日、月色、茫茫大海、峨峨高山，我們會興起一種深沉而悠遠的感受和思想（譬如看到夕陽，你會想到生命的絢麗與短暫），這種感受與思想會把我們牽引到一個新的經驗中去，而感到心曠神怡，乃至如脫胎換骨。其次，我們生活中重大事件的發生，諸如愛的產生與失落，生命的誕生與死亡等，不但會激起情緒的巨變，更會在我們心靈深處激起一陣回響，這種回響可能產生一種思想（莊子的哲學思想大多從觀察萬物的變化中得來），一種對人生深切的感悟，一個宇宙的覺醒，這就是詩中的境界。而個人的非詩的情緒，亦如清水面上的一層浮油，往往會把詩境掩蓋。因此，詩中過分激動的情緒，反而有害於詩境之呈現。

（〈試論王國維的「境界」〉）

一般人需要的詩是「興觀羣怨，學了可以言」的詩，即言志載道的詩。但現代詩人所追求的是那種眞能影響深遠，昇華人生，「不涉理路，不落言詮」，爲盛唐北宋所宗的那種純粹詩。嚴羽《滄浪詩話》中說：「盛唐諸公，唯在興趣，羚羊掛角，無跡可尋。故其妙處，透澈玲瓏，不可湊拍，如空中之音，相中之色、水中之影、鏡中之象、言有盡而意無窮。」而王國維更爲重視意境：「古今詞人格調之高無如白石，惜不於意境上用力，故覺無言外之味、絃外之響，終不能與於第一流之作者也。」這實在是古今詩人之所同然，但一般人均忽略了藝術中這種抽象性與純粹的本質，這正是討論新詩者未能抓住詩的本體以致聚訟紛云，得不到結論的原因。

（〈泛論現代詩〉）

詩之隱晦與否不是評斷一首詩好壞的標準，明朗與隱晦只是詩的兩種風格，不同之處是前者表現直接，完全可解，易爲讀者所接受，也易爲讀者所忘記。後者表現間接而富於暗示性，可悟而不可解，置其意義於境界之下。這兩種風格在法國十九世紀曾引起巴拿斯派與象徵派之爭，中國李商隱與白居易也正是這兩方面的代表人物而各有其喜愛的讀者，而李商隱的作品更具有一種玲瓏透澈不可言喻的抽象美感。自宋以降，受過義山詩風影響的人不僅限於西崑派以下的各流派，例如宋之江西諸老、明之前後七子均曾直接或間接在技巧上宗法西崑體。艾略特曾謂：「眞詩乃是那種將可解與不可解之事物融合一體，而能延長靜觀於瞬刻的詩。」義山詩可貴之處卽在此。

（〈泛論現代詩〉）

詩人是一個美與理想的探索者，其主要使命乃在不美的世界中發現美、建設美，在不理想的人生中追求理想，縱然這種美與理想和現實相較是如何的虛幻與軟弱，但他追求的過程就是一種對生命、對現實世界具有強烈信心與熱情的表示。誠然，詩「不能使任何事情發生」，詩沒有改良社會、促進物質生活的實用功能，它的功利價值甚至不如一則春藥廣告，因此有人認爲：詩「未曾與社會及民衆保持血肉關係……，那麼對社會無能爲力。」可是，這種柏拉圖式的純理念偏差，這種皮珂克式的純功利觀念，這種馬克斯式的唯物論，在人類的美學與文學史中究竟獲得何種程度的確證？儘管歷史中詩的劊子手一再出現，但詩的氣勢愈來愈沛然莫禦，只要地球上有人類，只要人類有抒發情愫、追求理想、探討生命奧秘的要求，詩便不會絕滅。

（〈請爲中國詩壇保留一份純淨〉）

然而，問題在：什麼是民族性的詩？其風格與內涵爲何？何人訂定民族詩的標準？誰敢站起來說：「我是民族詩人，你們都不是！」非寫「長安洛陽」、「古渡夕陽」不足以言中國，凡寫登陸月球、巴黎鐵塔、或西貢戰爭一概目爲西化，這是我們批評界最流行而膚淺的看法。這種文學中的狹窄民族意識講究的是魂遊故國心懷唐宋，尤其重視地域性，凡萬里長城、黃河、長江即為中國，凡高雄花蓮、香蕉西瓜即為民族，但民族文化的基本精神棄之不顧，民族文學的風格趣味蕩然無存。我們姑且承認這些是民族的一部分，但一個詩人的民族意識應是全面的，時空融會、古今貫穿的整體意識。倡導民族文學者，其基本立場固然很對，但徒呼口號，於事何補？我們首先須知，我們民族文學的精神是「溫柔敦厚」，是「靜觀自得」，是「贊天地之化育，與天地參」，其表現方法是「師法自然」，是「意在言外」，是「超以象外，得其圜中」。講民族文學者如果忽視這些精神與方法，僅汲汲於語言上的改頭換面，借屍還魂，豈非捨本逐末？

現代詩中含蘊民族精神，展現民族風貌，自屬必要。一個沒有民族背景的詩人無異飄萍遊魂，實足悲哀！但遺憾的是，我們發現今日文壇貌似中國，心屬歐美者仍大有人在，而且大多為學院派中人。非學院派詩人容或早期受過西洋詩在表現方法上的影響，但僅透過翻譯間接接受，中毒絕不如浸淫西洋文學日久的學院派之深，此一事實，不論從現有的文學觀念或作品結構上來看，都可以找到明顯的例證。他們大聲疾呼反對西化，本為浪子回頭的懺語，我們應為此額手慶幸。不錯，我們今天確實需要具有民族特性的詩，但我們更需要超越時空，陸機所謂「精騖八極，心遊萬仞」的詩。葉慈是愛爾蘭民族文學復興運動的倡導者，但他的詩決不限於狹仄的民族意識。愛默生在哈佛大學演講的講詞「美國學者」（The American Scholar），曾被譽為「智識分子的獨立宣言」，旨在使美國文學思想從歐洲大陸之控制下獲得解放，但他也是一個主張「超越論」（Transcendentalism）的詩人。因此我們以為，唯有以民族為基點，進而參贊天地、懷抱宇宙的詩人才能作一個大詩人，唯有產生幾位大詩人，才能恢復我民族的尊嚴，建立我們在世界文壇上的地位。

（〈請爲中國詩壇保留一份純淨〉）

概念地說，一首現代詩的基本構成是文字以及潛藏在文字幕後呼之欲出的一些觀念、一些經驗、一些意象和一些境界。這些絕不是習慣於傳統藝術欣賞者所謂的「意義」，對一首夠水準的純粹的現代詩來說，「意義」是一個無聊的名詞。在詩的創作過程中，文字與文字背後的世界是同等重要，不可偏廢。極端內容論者恒否定文字的功能，至少他們不重視文字，他們以爲文字是衣裳、是枝葉，其本身毫無意義。這種藝術的「唯心論」是很危險的，因爲文字是任何文學形式賴以表現的唯一工具，這種工具的巧妙運用即可隨心所欲地展現出我們的觀念、經驗、意象與境界，我們內心的一種潛在飄忽，無法確定的玄妙世界，故唯有內容與形式等量齊觀始能將一首詩完成。

（〈論余光中的「天狼星」〉）

附錄二　洛夫年譜

一九二八年・五月十一日生於湖南衡陽東鄉相公堡，父逢春，業商，母羅氏，兄弟七人，行二。

一九三五年・就讀私塾三年。

一九三八年・進仁愛鄉國民中心小學，讀《七俠五義》、《封神榜》、《西遊記》等。

一九四〇年・舉家遷居衡陽市。

一九四三年・就讀私立成章初中，讀《水滸傳》、《三國演義》、《紅樓夢》等。以野叟筆名發表第一篇散文〈秋日的庭院〉於衡陽市《力報》副刊，稿費銀圓五角。

一九四四年・抗戰末期，日軍佔領衡陽市，遭受美空軍猛烈轟炸，幾夷爲平地。九月參加當地游擊隊，因偷竊日軍輕機槍一挺有功，升任分隊長。

一九四五年・八月日軍投降，復學成章中學。

一九四六年・七月轉學私立嶽雲中學，開始新詩創作。

一九四九年・七月隨國軍來臺，行囊中軍毯一條，馮至及艾青詩集各一册，個人作品剪貼一本。

一九五二年・十二月發表來臺第一首詩〈火焰之歌〉於《寶島文藝》月刊。

一九五四年・十月初識張默，共同創辦《創世紀詩刊》於左營。

一九五五年・二月初識瘂弦，並邀其加入《創世紀》編務。

・五月任左營軍中廣播電臺新聞編輯，並開始寫〈靈河〉等詩。

一九五六年・一月十五日代表《創世紀》列席由紀弦發起之「現代派」成立大會。

・二月與張默合編之《中國新詩選輯》出版。同月草擬《創世紀》五期社論〈建立新民族詩型之芻議〉。

一九五七年・十二月詩集《靈河》出版。

一九五八年・三月寫〈投影〉、〈吻〉、〈蝶〉等詩，爲第一次風格之轉變。

・四月上旬臺北小遊，於臺北市美而廉茶會中晤覃子豪、鍾鼎文、余光中、方思、黃用、夏菁、吳望堯、羅門、蓉子等詩人。

・六月入軍官外語學校受訓。寫〈我的獸〉，開始進入現代詩創作時期。

・七月首次參加中國詩人聯誼會主辦之詩人節大會，〈靈河〉獲最佳創作獎。

一九五九年・五月軍官外語學校畢業。

・七月派赴金門任新聞連絡官。出發前夕與瘂弦、張默聚談於左營海軍軍區紀念碑頂，時値午夜，巡邏兵誤爲宵小，三人均被拘入憲兵隊囚禁一夜，瘂弦戲謂該日爲《創世紀》蒙難紀念日。

·八月於砲彈嗖嗖聲中開始寫〈石室之死亡〉，首輯載於《創世紀》十二期。

一九六〇年·五月自金返臺，調海軍總部連絡室，續寫〈石室之死亡〉。

·六月爲張默、瘂弦主編之《六十年代詩選》作序。

·十一月余光中編譯之《中國新詩》(*New Chinese Poetry*)出版，選有洛夫作品〈芒果園〉等數首。同月美國駐華大使莊萊德夫婦舉行出版酒會，會中初晤胡適、羅家倫二位五四運動主將。

一九六一年·一月《六十年代詩選》出版，〈石室之死亡〉一至十三節被選入。

·十月十日與陳瓊芳結婚於臺北市。

一九六二年·七月續寫〈石室之死亡〉於《創世紀》連載。

·八月長女莫非出生於平溪，寫〈初生之黑〉一詩誌念。

一九六三年·八月莫非週歲生日，詩人瘂弦、商禽、辛鬱、楚戈、韓國詩人許世旭等聯袂前往平溪慶賀，午宴後同往深谷之澗水裸泳，並攝影留念。

一九六四年·十月完成《石室之死亡》詩集編校工作，自序〈詩人之鏡〉一文發表於《創世紀》廿一期。

一九六五年・十月與張默、瘂弦、商禽、葉泥等籌辦《創世紀》十週年慶祝大會。

一九六五年・一月詩集《石室之死亡》出版。

・四月獲長男莫凡。同月應邀參加第一屆國軍文藝大會。

・九月主持《創世紀》改組會議，決議擴大編委陣容，邀請李英豪、羊令野、商禽、鄭愁予等廿六人爲編委。

・十一月派赴越南西貢任軍事援越顧問團英文秘書。

一九六六年・五月應西貢大學之邀，演講〈中國現代文學之發展〉。

・七月返臺休假，與張默、瘂弦等商討《七十年代詩選》之編選及出版事宜。

・九月與張默、瘂弦共同主編之《七十年代詩選》出版。

一九六七年・詩集《外外集》出版。

・十一月自越返臺，調國防部連絡局工作，開始陸續發表〈西貢詩抄〉。

一九六八年・五月與張默、瘂弦策劃編選《中國現代詩論選》，並撰寫導言。

・六月與詩人小說家多人創辦「作家咖啡屋」於臺北市西門町。

・六月接受香港《中國學生週報》之訪問。

一九六九年・三月《中國現代詩論選》出版，並假「作家咖啡屋」舉行小型出版茶會。

・四月應「笠」詩社之邀擔任第一任「笠」詩獎評審委員。

・五月詩論集《詩人之鏡》由大業書店出版。
・十月發起組成「詩宗社」，並選任第一任主編。
・十一月選任「中國青年寫作協會」理事。

一九七〇年・一月《創世紀》休刊，同月主編之詩宗一號《雪之臉》出版。
・三月詩集《無岸之河》由大林書店出版。
・五月《幼獅文藝》月刊以「詩人之鏡」為題，發表洛夫訪問記及生活照片多幀。
・十一月葉維廉編譯之《中國現代詩選》(*Modern Chinese Poetry*) 在美出版，選入洛夫作品〈石室之死亡〉等多首。
・十一月現代詩人與畫家廿人假美國新聞處舉辦「第三屆現代藝術季」，八日「詩之夜」由洛夫主持，參加朗誦及座談詩人有葉維廉、辛鬱等十人。

一九七一年・三月主編之《一九七〇詩選》由仙人掌出版社出版。
・五月出車禍，右腿骨折斷，住三軍總醫院。
・七月與朱西甯、葉維廉、余光中、瘂弦、白萩、梅新、張曉風等應邀擔任「中國現代文學大系」編委，詩選由洛夫主編，並撰寫序言。九月與姚一葦、葉維廉、瘂弦、白萩、尉天聰等應邀擔任第一屆詩宗獎評審委員。
・十月為管管詩集《荒蕪之臉》作序。

一九七二年・二月美國名漢學家白芝（Cyril Birch）主編之《中國文學選集第二册》（*Anthology of Chinese Literature Volume 2*）（自元朝至臺灣時期）在美出版，洛夫作品被選入者有〈石室之死亡〉及〈初生之黑〉等首。

・六月召開《創世紀》復刊會議，決議由瘂弦任社長，洛夫任總編輯，張默任執行編輯，大荒、辛鬱、周鼎、碧果、葉維廉等任編委。

・七月應青年救國團之聘出任暑期復興文藝營詩組駐營指導。

・八月與《中外文學》主編胡耀恒教授應成功大學、高雄師範學院、中興大學等之邀赴中南部作巡廻演講。

・九月《創世紀》復刊號（三十期）出版，新風格長詩〈長恨歌〉於此期發表。

一九七三年・六月淡江大學英文系畢業，獲文學士。

・八月以中校官階自海軍退役。

・八月作品廿餘首選入國立編譯館主編之英譯《中國現代文學選集》。

・八月應聘爲第九屆國軍文藝金像獎新詩評審委員。

・十一月應邀參加在臺北舉行的第二屆世界詩人大會。

・十一月應聘爲吳望堯「中國現代詩獎」評審委員。

一九七四年・三月完成六十萬字《七海雄風》長篇小說之翻譯。

·六月一日出任中廣公司海外部編審。
·七月應聘爲耕莘文教院暑期寫作班詩組指導教授。
·十月辭中廣公司職務，在家專事創作及翻譯。
·十一月著手整理《魔歌》詩集，撰寫序言〈我的詩觀與詩法〉，並完成自述詩〈巨石之變〉。
·十一月《魔歌》由中外文學月刊社出版，該社並於同月十二日假臺北耕莘文教院舉辦出版座談及朗誦會。

一九七五年·三月應星光出版社之邀，著手翻譯美國當代名小說家馮內果（Kurt Vonnegut, Jr.）長篇小說《第五號屠宰場》（*Slaughter-House, Five*）。

一九七六年·二月主編《中國現代文學年選》之詩集。
·三月詩集《衆荷喧嘩》由楓城出版社出版。
·十一月應韓國筆會之邀，與九位臺灣現代詩人赴漢城訪問七天，繼而赴日本東京遊覽，歸來後寫〈漢城詩鈔〉十七首。
·十二月與羅珞珈合譯之《約翰生傳》（*The Life of Samuel Johnson*），由志文出版社出版。

一九七七年·二月《洛夫詩論選集》由開源出版社出版。

一九七八年・六月應邀主編《中華文藝》月刊之詩專號。
・一月接受《中華文藝》月刊訪問，全文以〈魔歌詩人——洛夫先生訪問記〉爲題，於該刊八十三期發表。
・七月〈巨石之變〉等詩廿八首被選入《中國當代十大詩人選集》。
一九七九年・三月應「詩風」詩社之邀，赴香港訪問一週，並在香港大學演講，《詩風》月刊八十三期刊出〈洛夫訪港專輯〉。
・六月〈根〉等十五首被選入瘂弦主編之《中國當代文學大系》。
・七月應邀參加在韓國漢城舉行之第四屆世界詩人大會，並在大會中朗誦〈雪祭韓龍雲〉，會後赴日本遊覽大阪、奈良、京都等地。
・七月散文集《一朵午荷》由九歌出版社出版。
・九月應聘擔任《中國時報》文學獎詩組決審委員。
・十月應聘擔任國軍文藝金像獎詩組決審委員。
一九八〇年・六月當選國軍詩歌研究會召集人。
・六月《民衆日報》副刊以全版篇幅刊出〈詩人洛夫專輯〉。
・九月應聘擔任《中國時報》文學獎詩組決審委員。
・九月《風燈》詩刊三卷四期刊出〈詩人洛夫訪問記〉。

・十月應聘擔任國軍文藝金像獎詩組決審委員。

・十月《吾愛吾家》月刊十八期刊出〈詩人洛夫專訪〉。

一九八一年・三月《詩人季刊》廿期以〈聽那一片洶湧而來的鐘聲——叩訪洛夫詩境的泉源〉為題發表洛夫訪問記。

・四月接香港電話，驚悉老母病逝於湖南衡陽市，享年七十七歲。

・四月應邀參加在中央大學舉行之「第五屆比較文學會議」。

・六月詩集《時間之傷》由時報文化公司出版。

・七月評論集《孤寂中的廻響》由東大圖書公司出版。

・九月應聘擔任《中國時報》文學獎詩組決審委員。

・十一月被推選擔任「中日韓現代詩人會議」籌備會召集人。

一九八二年・一月參加於十五日假國軍英雄館七樓舉行之「中日韓現代詩人會議」。

・四月長文〈詩壇春秋卅年〉發表於《中外文學》月刊一二〇期之〈現代詩卅年回顧專號〉，因該文直陳史實，坦誠進言，曾引起激烈的回響。

・五月悼亡母長詩〈血的再版〉發表於《中國時報》副刊。

・九月經《陽光小集》詩刊讀者票選為中國當代十大詩人之一。

・十月〈血的再版〉獲《中國時報》敍事詩推薦獎。

一九八三年・十一月詩集《時間之傷》獲中山文藝創作獎。

一九八三年・一月應邀參加新加坡第一屆「國際華文文藝營」，識大陸詩人艾青，小說家蕭軍、蕭乾等。

・三月八日開始從謝宗安先生習書法。

・九月應聘擔任《中國時報》文學獎詩組決審委員。

・十月詩集《釀酒的石頭》由九歌出版社出版。

一九八四年・六月被推選擔任《創世紀》卅週年詩獎評審委員兼召集人，評委另有余光中、瘂弦、白萩、張漢良等四人。

・八月接美國年輕漢學家陶忘機（John Balcom）來信，內附〈石室之死亡〉全詩之英譯初稿。

・十月應聘擔任《聯合報》文學獎散文組決審委員。

・十月《創世紀》創刊卅週年酒會，於六日下午假國軍英雄館七樓舉行，到有詩人作家二百餘人，酒會由瘂弦主持，洛夫報告詩獎評審經過，並爲五位頒獎人之一。

一九八五年・四月《創世紀》第六十六期出版，自本期起交由新生代侯吉諒接編，老一輩已完成《創世紀》之歷史任務，自此退居幕後。

・八月應《聯合文學》月刊之邀，赴設於新竹清華大學之巡廻文藝營授課，同月廿四日與夏志清、無名氏、胡金銓等赴花蓮師專授課。

・九月胃部不適，赴榮民總醫院接受胃鏡及切片檢查，醫師危言有癌變之可能，致滿腹疑雲，頗爲緊張，後經診斷僅爲胃潰瘍，寫〈九月之驚〉散文一篇，以誌當時心境。

・九月接受《大人物》雜誌記者訪問。

・十月散文集《洛夫隨筆》由九歌出版社出版。

・十月應聘擔任國軍文藝金像獎詩組決審委員。

・十二月九日深夜突接海外電話，告以現任深圳流花醫院外科主任之三弟運澄，在與院方權力鬥爭中憤而自殺，聞訊至爲哀痛，寫〈歲末悼亡弟〉一詩。

一九八六年・四月接韓國亞洲詩人大會邀請函，該大會訂於九月十五日～十七日於漢城舉行。

・五月接受《幼獅文藝》月刊之訪問，全文以〈亙古的歷史是他的跑道——訪詩人洛夫〉爲題，發表於該刊三九〇期。

・五月接受英文雜誌 *Free China Review* 訪問，全文以 Most Quoted Poet 爲題於該刊卅六卷十一期發表。

・六月作品四幅參加臺北環亞藝術中心舉行之「視覺詩十人展」。

・六月與詩友多人應邀赴臺南市參加該市文化中心舉辦之詩人節活動，會後與瘂弦、張默三人同赴左營憑弔三十年前《創世紀》創刊之舊址。

• 六月復接美國陶忘機來信，內附〈木乃伊啟示錄〉、〈蟋蟀之歌〉、〈形而上的遊戲〉等詩之英譯稿。

• 七月香港友人轉來大陸名評論家李元洛一篇論文：〈一闋動人的鄉愁變奏曲——讀洛夫「邊界望鄉」〉，後又轉來李氏另一評文：〈想得也妙，寫得也妙——讀臺灣詩人洛夫「與李賀共飲」〉。

• 七月應聘擔任《中華日報》文學獎詩組決審委員。

• 八月《文訊》月刊舉辦第二屆現代詩研討會，會中許悔之發表論文〈石室內的賦格——初探「石室之死亡」兼論洛夫的黑色時期〉。

• 九月評論集《詩的邊緣》由漢光文化公司出版。

• 十一月獲第九屆吳三連文藝獎，該獎首次頒給現代詩人。

一九八七年

• 一月《心臟》詩刊發表〈煮茶談詩——訪名詩人洛夫先生〉一文及照片多幀。

• 二月應菲華四大文藝社團之邀，臺灣現代詩人一行八人（洛夫任團長）赴菲律賓訪問七天，並參加「現代詩研討會」。

• 四月「墨緣小集」書法會於臺北市社教館舉辦首次聯展，洛夫有十五幅作品參展。

• 五月應《中央日報》之邀與中央大學張夢機教授對談現代詩與古典詩之融接問題，

全文於五月卅、卅一日兩天於《中央日報》副刊發表。

・五月《中外文學》十六卷一期刊出中興大學教授簡政珍所著〈洛夫作品的意象世界〉評論長文，該文為研究洛夫作品重要論文之一。

・五月為侯吉諒處女詩集《城市心情》作序。

・六月應美國東風書店之邀於廿六日赴舊金山參加一〇六屆美國圖書館協會年會及全美第一屆中文圖書大展，書展期間發表兩次演講，並與老友紀弦、方思、冬冬、翔翎、曹又方、羅珞珈及新友莊因、朱寶雍等相敍。會後作五日孤獨之旅，遊覽柏克萊、洛杉磯、聖地牙哥、環球影城、狄斯奈樂園、大峽谷、拉斯維加斯等名勝。

・七月十日返臺。此次訪美最感欣慰者有三事：一、得晤老友鄭樹森及神交已久，但初次見面的袁則難；二、得識大陸小說家阿城，並與他同宿舊金山Beverly Plaza旅社六〇五房間五天；三、初晤美國年輕漢學家陶忘機，其所譯之《石室之死亡》已全部定稿，正謀求出版中。

・九月〈蟹爪花〉等十一首選入張錯編譯之《千曲之島——臺灣現代詩選》（*The Isle Full of Noises*），美國紐約哥倫比亞大學出版。

・十二月《創世紀》詩刊七十二期推出《大陸詩人作品專輯》。該專輯係由洛夫策劃主編，計刊出廿二位大陸當代著名詩人一百廿餘首詩作。兩岸詩人與讀者對此專輯反應極為熱烈，且咸認深具文學史價值。
・十二月香港《文學世界》雜誌社舉辦創刊座談會，編印《鄉情變奏——洛夫的詩》專輯，分贈大陸與海外與會詩人作家。

一九八八年・三月卅一日晚，臺北市社教館以多媒體舞臺形式舉辦「因為風的緣故——洛夫詩作新曲演唱會」，反應極佳。該演唱會係由國立藝術學院教授游昌發、盧炎、錢南章譜曲，聲樂家馬筱華、呂麗莉、陳思照等演唱，詩人瘂弦、辛鬱等朗誦，畫家張永村設計舞臺，詩人杜十三負責總策劃。
・六月《石室之死亡——及相關重要評論》由漢光文化公司出版。
・六月《因為風的緣故——洛夫詩選》由九歌出版社出版，收有一九五五～一九八七年自選之詩作九十四首，書後附有葉維廉博士所著〈洛夫論〉。
・八月應聘擔任時報文學獎詩組決審委員。
・八月十六日首次偕妻經廣州返湖南衡陽市探親，與兄弟相聚十餘日，並參加衡陽文藝團體舉辦之歡迎座談會、朗誦會。廿九日由李元洛陪同前往長沙訪問，由湖南文聯及省作協接待，並參加新聞界《湖南文學》月刊社、《文藝生活》月刊社、湖南文藝出版社、省文聯出版社、省書畫研究院、湖南大學等單位之座談與宴請。
・九月二日應湘西吉首市酒廠之邀與李元洛、孫健忠、犁青及湖南電視臺記者三人同赴張家界遊覽。

九日赴杭州訪問，同日張默、辛鬱、管管、張堃等亦來杭相會。我等由「西湖詩社」接待，四日內遍遊西湖各景，並參加「西湖詩社」、浙江文聯、浙江文藝出版社等單位之座談與歡宴。

十二日我等搭車赴紹興，遊蘭亭紀念館、魯迅紀念館及其故居。

十三日我等搭火車赴上海訪問，由《中國詩人》詩刊社接待，參加上海作協之座談與歡宴，次日參觀上海市、虹口公園、外灘、龍華寺等地。

十五日搭飛機抵北京，由華人文化交流委員會接待，參加交流會，「詩刊」社等舉辦之座談會、宴會、朗誦會，並會見老詩人馮至、卞子琳、艾青、臧克家、綠原、陳景容及名詩人鄒荻帆、張志民、劉湛秋、李瑛、邵燕祥、公劉、鄭敏、及評論家袁可嘉、謝冕等。先後遊覽故宮、天壇、長城、天安門廣場、明十三陵、頤和園等名勝，並訪問北京大學，與該校師生座談。

廿三日搭飛機抵桂林遊覽，由桂林文聯作協接待，暢遊漓江及陸上名勝，廿五日爲中秋節，該晚桂林文藝界於漓江遊艇上舉辦中秋迎賓聯歡晚會，會後發現手提皮包遺失於遊艇上，內有現鈔及各類證件，雖向桂林公安局報案，迄無下落；爲此行唯一遺憾。

廿七日搭機飛廣州，由《華夏詩報》接待，參加廣州文藝界之座談會、宴會，遊黃花崗七十二烈士墓、中山紀念館，並訪問暨南大學，參加座談會。

廿九日搭火車赴深圳訪問，由深圳文聯及「特區文學」接待，並訪問深圳大學，晤劉小楓教授，並會晤二弟媳鄭連斯。十月三日返臺。

・九月《愛的辯證——洛夫詩選》由香港文藝風出版社出版。

・十一月十三日與妻瓊芳同往泰國曼谷參加第十屆世界詩人大會，初識泰華詩人嶺南人、李少儒、張望、子帆，作家方思若、司馬攻、夢莉、張燕等。

・十二月《聯合文學》月刊以數十頁篇幅刊出洛夫專輯〈作家、作品、生活〉，內有大陸之旅新作七首及照片、評論、訪問記等。

一九八九年・二月《創世紀》詩刊改選會議中繼任總編輯。

・四月應聘擔任《聯合文學》舉辦之「七十七年度最佳文學創作」評選委員，及《聯合報》副刊「質的排行榜」書評委員。

・五月應聘擔任香港作家聯誼會顧問。

・六月七日由香港作家潘耀明，詩人傅天虹陪同前往深圳訪問。

・八月五日～十三日偕妻與向明伉儷同赴香港、澳門、珠海特區、中山縣翠亨村，及新加坡等地旅遊，返臺後寫〈非政治性的圖騰——謁中山先生故居〉長詩一首。

・十月應聘擔任《中央日報》文學獎詩組決審委員。

・十一月十九日應邀參加新陸現代詩誌社主辦之「從返鄉詩看中國情懷——洛夫近作討論會」，由李瑞騰教授等主講。

・十一月廿六日出席《創世紀》詩刊假臺北市三原色畫廊主辦之卅五週年慶祝酒會，及詩獎贈獎典禮，並即席報告詩獎評審經過。

一九九〇年・元月，與詩人楚戈發起，假臺北市金陵藝術中心主辦「現代詩人書藝展」，參展者另有無名氏、羊令野、白萩、王灝、沈志方、侯吉諒等。

・二月詩集《詩魔之歌》由廣州花城出版社出版。

・三月詩集《月光房子》由九歌出版社出版，問世後詩壇反應甚佳，四、五、六三個月連續登上聯副舉辦的文學新書「質的排行榜」。

・四月詩集《天使的涅槃》由尚書文化公司出版。

・七月參加「太平洋文化基金會」舉辦之蘇聯與東歐文化訪問團，訪問地點包括莫斯科、列寧格勒、華沙、東柏林、布拉格、布達佩斯、維也納等名城。

・九月應邀參加福建省文聯舉辦之第一屆「海峽詩人節」（九月廿四日～十月四日），除與該省詩人座談外，並由詩人劉登翰、舒婷、范方、朱谷忠、小說家袁和平等陪同旅遊廈門、鼓浪嶼、泉州、湄州島、武夷山、福州等地。

・十月五日飛成都，初訪杜甫草堂，七日赴九寨溝旅遊。十六日抵重慶，十九日訪西南師大，當晚該校舉辦「因為風的緣故——洛夫詩歌朗誦會」，聽衆千餘人。廿一日自重慶搭船遊三峽，廿四日抵武漢，由當地詩人陪同遊黃洲東坡赤壁、黃鶴樓。廿七日與李元洛夫婦、楊平搭船赴南京，由詩人丁芒接待遊玄武湖、秦淮河、中山陵。

・十一月二日赴上海，由白樺接待宿西郊賓館，與詩人王辛笛、黎煥頤、孟浪、陳東東等聚晤。七日飛廣州，由野曼、楊光治等接待，並由廣東電視臺攝製洛夫專輯，十五日經港返臺。

・十月《一朵午荷——洛夫散文選集》由上海文藝出版社出版。

・十二月策劃主編「大陸第三代詩人作品展」，於《創世紀》詩刊八二、八三期刊出，共發表海子、歐陽江河等廿餘位青年詩人之作品數十餘首，兩岸詩壇反應熱烈，咸認對大陸現代詩的發展，具有深遠影響。

一九九一年・三月詩集《月光房子》獲國家文藝獎。

・四月《詩魔的蛻變——洛夫詩作評論集》由臺北詩之華出版社出版。

・九月廣州中山大學中文系研究生陝曉明以「洛夫論」為題撰寫碩士論文一篇，約五萬字。

一九九二年・一月偕妻回湖南衡陽過春節，四十年來首次與兄弟家人團聚過年，年後赴湘潭、長沙、杭州、蘇州、黃山、北京、廣州等地旅遊。

・三月廣州暨南大學中文系講師費勇所著之《洛夫與中國現代詩》一書已脫稿，全書十五萬字。

・六月詩集《葬我於雪》由北京中國友誼出版公司出版。

・六月赴歐洲參加一系列國際詩歌會議，首先應英國倫敦大學之邀參加一項「中國當代詩歌研討會」，繼而往荷蘭參加萊頓大學舉辦的另一項詩學會議。會後趕往荷蘭鹿特丹市參加「一九九二年國際詩歌節」。在以上會議中，洛夫曾發表兩篇論文，參加六次朗誦。

・八月發起一項標榜長期性、小衆化、精緻化的「詩的星期五」朗誦座談活動，邀請知名詩人主持，於每個月的第一個星期五晚間假臺北市誠品書店舉行。第一次由洛夫、辛鬱擔綱，到有詩人與聽衆二百八十餘人，爲近年臺灣詩壇一大盛事。

一九九三年・二月實驗性之新形式詩集《隱題詩》由爾雅出版社出版。

・三月應美國聖地牙哥加州大學之邀請，與詩人張默、管管、向明、梅新等於十一日赴美參加由葉維廉策劃的「一九九三臺灣現代詩人旅美巡迴朗誦」，先後曾在加州大學聖地牙哥校區、新墨西哥州聖達費學院、紐約市「張張畫廊」、羅德島布朗大學等參加五場中英雙語詩歌朗誦會。

·三月由北京大學中國新詩研究中心策劃，北京師大教授任洪淵主編的《洛夫詩選》，由北京中國友誼出版公司出版。又同月廣西師範學院盧斯飛教授所著之《洛夫余光中詩歌欣賞》，由廣西教育出版社出版，列爲《中國現代作家作品欣賞叢書》之一。

·四月應邀參加由廣州《華夏詩報》與惠州市合辦的「南國西湖之春」國際詩會，同時參加的臺灣詩人有張默、管管。

·六月應菲律賓學羣文藝社之邀前往馬尼拉主持「洛夫書藝展」的開幕典禮。這次展覽以行草爲主，共展出作品六十餘幅。

·八月應邀赴江西廬山參加廿五日至廿七日的「第六屆世界華文文學國際研討會」，繼而赴重慶參加九月五日至八日由西南師大中國新詩研究所舉辦的「九三華文詩歌國際學術研討會」，會後與葉維廉夫婦同遊長江三峽、武漢黃鶴樓。

·九月十五日偕夫人赴西安參觀兵馬俑、大雁塔、碑林、茂陵等古蹟，由陝西民間藝術博物館館長趙琼女士接待，詩人李震、伊沙、南嫫等陪同。同月廿一日應山西青少年報刊社社長張不代之邀參觀山西名勝古蹟永樂宮、關帝廟、壺口瀑布等，並與太原青年詩人座談，接受山西電視臺錄影訪問。

・十月由舊作編選而成的兩部詩集：《雪崩》、《夢的圖解》，由臺北書林出版社出版。

・十月長詩〈杜甫草堂〉完稿。

附錄三　洛夫著譯書目及作品評論索引

蕭　蕭

洛夫著譯書目提要

A 著作部分

〈詩集〉

靈河

一九五七年十二月創世紀詩社出版，三十二開本，全書四十八頁，收有抒情短詩三十一首，前有作者所寫的〈題記〉，其中所表達的詩觀，與他三十年後的理論印證，竟然出入不大。本詩集於一九五八年七月獲中國新詩聯誼會贈予之最佳創作獎。

石室之死亡

一九六五年一月創世紀詩社出版，四十開本，全書一一四頁，爲一首實驗性的現代長詩，共六十四節，每節十行，節節皆可獨立爲一首短詩。書前有以「詩人之鏡」爲題的自序，係作者探索現代主義理論，展現現代詩觀的第一篇論文。書後附有李英豪的〈論石室之死亡〉。本詩集詩思玄奧艱澀，意象繁複詭奇，極具前衞精神，故詩壇的評價有兩極化的爭議，但數十年來評論不輟。全詩已由美國年輕漢學家陶忘機（John Balcom）譯成英文。

外外集

一九六七年八月創世紀詩社出版，四十開本，全書一〇六頁，收詩二十八首，其中〈我的獸〉、〈雪崩〉、〈劇場天使〉均爲長詩。書後附有作者〈後記〉及英文譯詩四首。

無岸之河

一九七〇年三月大林書店出版，四十開本，一九七二年十月再版，一九七九年十月三版時改爲卅二開本。全書一八四頁，收詩六十七首。本詩集爲一斷代詩選，共分五輯：《無岸之河》選有〈西貢詩抄〉十一首，《灰燼之外》選有〈外外集〉十三首，《太陽手札》選有〈石室之死亡〉廿五首，《投影》選有〈外外集〉五首，《果園》選有〈靈河〉十三首。前有自序，其中作者對《太陽手札》一輯中的作品何以由〈石室之死亡〉這首長詩分割而成短詩，每首另設標題等，均有所說明。

魔歌

一九七四年十二月中外文學月刊社出版，卅二開本，全書二六四頁，收詩五十八首，前有作者自序，開頭便說明本詩集是作者「近年來調整語言，改變風格，以至整個詩觀發生蛻變後所呈現的新風貌」。書後附有張漢良的評論〈論洛夫後期風格的演變〉，以及《魔歌》創作年表。

本詩集於一九八一年六月由蓬萊出版社以新封面再版發行，作品內容未變，但增有陳義芝的訪問記，及作者的〈再版後記〉。

洛夫自選集

一九七五年五月黎明文化公司出版，卅二開本，有平裝、精裝兩種發行，全書二八六頁，收詩五十一首，詩論兩篇，附錄前有作者畫像、生活照片、原稿手跡、年譜等，後有作者書目與作品評論引得。本書已發行六版。

衆荷喧嘩

一九七六年五月楓城出版社出版，卅二開本，全書一二二頁，收詩五十一首，前有自序，後有作者書目。本詩集之副題爲《洛夫抒情詩選》，係由〈靈河〉廿九首與未結集之抒情短詩廿二首所編成。本書發行三版。

時間之傷

一九八一年六月時報出版公司出版，卅二開本，全書三二二頁，計分〈漢城詩鈔〉、〈時間之傷〉、〈借問酒家何處有——詩劇〉三卷，收詩八十四首，多爲憂國懷鄉之作，自序中有言：「我的傷是個人的傷，也是時代的傷，故總其名爲《時間之傷》。」本詩集於一九八二年獲中山文藝創作獎。

釀酒的石頭

一九八三年十月九歌出版社出版，卅二開本，全書一七四頁，收詩四十五首，其中〈血的再版——悼亡母詩〉爲一首四百餘行的長詩，書後附有後記及作者書目。〈血的再版〉一詩於一九八二年獲《中國時報》文學推薦獎。一九八四年四月再版。

因爲風的緣故——洛夫詩選（一九五五～一九八七）

一九八八年六月九歌出版社出版，卅二開本，全書三七四頁，收詩九十四首。書後附有葉維廉長文〈洛夫論〉及作者書目。本詩集爲洛夫三十二年來的總選集。

石室之死亡——及相關重要評論

由侯吉諒主編，一九八八年六月漢光文化公司出版，卅開本，全書二六二頁，除收有〈石室之死亡〉全詩的完整版外，並編入歷年有關該詩之重要評論八篇。書前有編者序：〈大師的雛型〉；書後有洛夫的跋：〈關於石室之死亡〉。此外另附有簡政珍的評論〈洛夫作品的意象世界〉及洛夫年譜。

愛的辯證——洛夫選集

一九八八年九月香港文藝風出版社出版，卅二開本，全書一八三頁，收詩七十二首，列爲該社《臺灣文叢》，由非馬編選。書前附有洛夫近照、生活照片、洛夫手跡、以及非馬的短序，書後有蕭蕭的〈不變的巨石——談洛夫〉一文，另有洛夫小傳、洛夫年譜、洛夫著作等資料。

詩魔之歌——洛夫詩作分類選

一九九〇年三月廣州花城出版社出版，卅二開本，全書共分六輯：《抒情篇》九首、《探索篇》十三首、《回歸篇》六首、《生活禪趣篇》十四首、《鄉愁篇》十二首、《故國之旅篇》七首。書前有作者簡介、作者照片，書後除附有洛夫詩論兩篇外，另有任洪淵的〈洛夫的詩與現代創世紀的悲劇〉、楊光治的〈奇異、鮮活、準確——淺論洛夫的詩歌語言〉兩篇評論。

月光房子

一九九〇年三月九歌出版社出版，卅二開本，全書二一九頁，收詩六十八首，前有作者自序，後有作者書目。本詩集於一九九一年獲「國家文藝獎」。

天使的涅槃

一九九〇年四月尚書文化出版社出版，卅二開本，全書二三四頁，收詩四十三首，包括〈湖南大雪〉、〈非政治性的圖騰〉、〈天使的涅槃〉等多首長詩。前有作者自序，後有作者年譜，並附有任洪淵的長文〈洛夫的詩與現代創世紀的悲劇〉。

葬我于雪

一九九二年二月北京中國友誼出版公司出版，卅二開本，全書一六〇頁，收詩七十九首，包括長詩〈血的再版〉，前附作者小傳。

隱題詩

一九九三年三月臺北爾雅出版社出版，卅二開本，全書共一八四頁，收入新形式實驗創作四十五首，前有作者自序，後有西安沈奇的評論：〈再度超越〉及洛夫年譜摘錄。

洛夫詩選

一九九三年三月北京中國友誼出版公司出版，卅二開本，全書二九一頁，共分九輯，收詩一三○首，前有任洪淵的代序〈洛夫的詩與現代創世紀的悲劇〉，後附洛夫書目及年譜。本詩選由北京大學中國新詩研究中心策劃，任洪淵主編。

雪崩

一九九三年十月臺北書林出版社出版，卅二開本，全書二二四頁，共分四卷，收入詩作六十九首，前有作者自序。本書是繼臺北版《因爲風的緣故——洛夫詩選》和北京版《洛夫詩選》之後的第三個詩選。

夢的圖解

一九九三年十月臺北書林出版社出版，卅二開本，全書一六二頁，共分二輯，收入詩作五十七首，全部出自詩集《時間之傷》。

〈散文集〉

一朵午荷　一九八二年七月九歌出版社出版，卅二開本，全書二〇二頁，計分兩卷，共收散文二十三篇，書前附有洛夫撰〈閑話散文〉代序。本書已發行七版。

洛夫隨筆　一九八五年十月九歌出版社出版，卅二開本，全書二四〇頁，共收散文與隨筆廿四篇，書前有作者〈覆某讀者〉代序一篇，書後附有詩人季野與散文家張拓蕪對談記錄：〈從雪與荷中升起——談洛夫的散文〉。

一朵午荷——洛夫散文選　一九九〇年十月上海文藝出版社出版，卅二開本，全書一八二頁，共選散文卅一篇。書前有〈閑話散文〉代序，封面內頁有洛夫小傳。

〈評論集〉

詩人之鏡　一九六九年五月大業書店出版，四十開本，全書一八八頁，共收詩論詩評十二篇，前有自序。僅發行一千冊，坊間現已絕版。

洛夫詩論選集

一九七七年一月開源出版公司出版，卅二開本，全書二八〇頁，計分《現代詩散論》與《現代詩人專論》兩輯，共廿一篇，前有自序。本書曾爲南部某出版社盜印。

詩的探險

一九七六年六月黎明文化公司出版，卅二開本，全書二八七頁。本書實爲《洛夫詩論選集》的再版，除書前增有〈再版前記〉，書後附加〈洛夫作品評論題目參考〉外，其餘內容相同。

孤寂中的廻響

一九八一年七月東大圖書公司出版，卅開本，全書二六〇頁，收有談詩雜記文章二十篇，其中有六篇爲洛夫替其他詩人和散文家寫的序。書前附有自序。

詩的邊緣

一九八六年八月漢光文化公司出版，卅二開本，全書一八八頁，收有關於詩和散文之評論及序言等十九篇。

B 翻譯部分

第五號屠宰場（*Slaughter House No. 5*）

美國當代小說家馮內果（Kurt Vonnegut）著，中譯本於一九七五年六月由星光出版社出版，卅二開本，全書二六〇頁。

雨果傳（***Victor Hugo and His World***）

法國作家安德烈·莫洛亞（Andre Maurois）著，本書係譯自英文版。一九七五年十二月志文出版社出版，卅二開本，全書一九三頁，共十四章，書前附有譯者序，有關雨果照片十餘幅，以及〈關於安德烈·莫洛亞生平及其作品〉一文，書後附有雨果年譜。

約翰生傳（***The Life of Samuel Johnson***）

英國傳記作家包斯威爾（James Boswell）著，洛夫與羅珞珈合譯。一九七七年二月志文出版社出版，卅二開本，全書六六四頁，書前附有譯者序，書後有冗長的人名地名英漢對照表。（洛夫譯作另有《季辛吉評傳》、《亞歷山大傳》、《邱吉爾傳》、《心靈小語》、《心靈雋語》等書出版，因與文學無關，不予刊載。）

C　編選部分

七十年代詩選

由洛夫、張默、瘂弦共同主編，一九六七年九月大業書店出版，卅開本，全書三五〇頁，共收馬覺等四十六位詩人的作品，書前有葉維廉詩論〈詩的再認〉一文代序，書後有洛夫撰的後記。

中國現代詩論選

由洛夫、張默、瘂弦共同主編，一九六九年三月大業書店出版，卅開本，全書三〇〇頁，收有詩評論三十四篇，書前附有洛夫撰的〈導言〉，書後附有〈詩與哲學——詩人與哲學家談話錄〉等文。

一九七〇詩選

洛夫主編，一九七一年三月仙人掌出版社出版，卅二開本，全書二一四頁，收有藍菱等卅六位詩人的作品七十九首，書前附有洛夫的序。

中國現代文學大系·詩

洛夫主編，一九七二年一月巨人出版社出版，廿五開本，採平裝、精裝兩種版本，計分第一、第二輯兩大册，第一輯收有紀弦等三十位詩人的作品，厚三三四頁，第二輯收有方艮等四十位詩人的作品，厚三五二頁，書前有洛夫所撰長序。本大系詩選為總結一九五〇至一九七〇之間廿年來臺灣現代詩的成績，甚受兩岸詩壇重視。

八十年代詩選

由洛夫與紀弦等十二位詩人共同編選，一九七六年六月濂美出版社出版，卅開本，全書四七〇頁，共收有大荒等五十六位詩人的作品二百餘首。

中國現代文學年選（一九七五）

本年選之詩選部分由洛夫主編，一九七六年八月巨人出版社出版，卅開本，全書三一七頁，收有大荒等五十位詩人的作品一百餘首，書前附有洛夫寫的序言。

大陸當代詩選

洛夫與李元洛共同主編，一九八九年二月爾雅出版社出版，卅二開本，全書四二四頁，收有艾青、雁翼、公劉、流沙河、白樺、邵燕祥、劉湛秋、丁芒、熊召政、吉狄馬加、葉文福、章德益、饒慶年、任洪淵、彭浩蕩、劉犁、匡國泰、北島、舒婷、顧城等大陸老中青三代詩人的作品。本書前有李元洛、洛夫的序各一篇，中有作者與編者的照片，後有編者的簡介。這是臺灣出版的第一部大陸詩選。

洛夫作品評論索引

作者	篇名	刊物	時間
張默	洛夫的氣質與詩風	創世紀9期	民46．6
金劍	洛夫新詩《石室之死亡》以及《朱夜小說選》	新文藝114期	民54．9
李英豪	論《石室之死亡》	批評的視覺（書）	民55．1
崔焰焜	論洛夫《石室之死亡》詩的思想	新文藝147期	民56．6

林亨泰	大乘的寫法——論石室之死亡	現代詩的基本精神(書)	民57
行　者	讀洛夫〈清明〉詩	青年戰士報7版	民57・8・1
佚　名	〈笠下影〉洛夫	笠28期	民57・12
金　劍	洛夫與現代詩	青年戰士報7版	民58・8・3
蕭曼麗	洛夫詩作與詩觀之剖視	大學生(政大)54期	民59・1
蕭　蕭	略論現代詩的小說企圖	大學文藝(政大)	民59・3
蕭　蕭	商略黃昏雨——初論《無岸之河》	花之聲	民59・5・10
杜　離	詩人之鏡、詩人之境	幼獅文藝32卷5期	民59・5
夏萬洲	夜訪洛夫・煮茶論詩	幼獅文藝32卷5期	民59・5
蕭　蕭	箭徑、酸風、射眼——再論《無岸之河》	文藝月刊13期	民59・7
大　荒	論〈月問〉	大學雜誌33期	民59・9
蕭　蕭	雪甚卻無聲——三論《無岸之河》	青溪月刊	民59・10
周伯乃	從靈河到湄公河畔的洛夫	自由青年45卷4期	民60・4
傅　敏	不絕的音響(評洛夫編《一九七〇年詩選》)	笠44期	民60・8
張　默	洛夫《雪崩》論	幼獅文藝34卷6期	民60・12
彭鏡禧	淺談洛夫詩集《石室之死亡》的主題與表現	臺大青年60年4期	民60・12

黃榮村	評洛夫的〈白色之釀〉	龍族詩刊5期	民61・2
顏元叔	細讀洛夫的兩首詩	中外文學1卷1期	民61・6
杜國清	評中國現代文學大系《詩集》洛夫序	笠51期	民61・10
陳芳明	鏡中鏡——評洛夫的《詩人之鏡》	大地2期	民61・11
周　鼎	現代詩解惑——另釋洛夫《太陽手札》	創世紀31期	民61・12
張　默	現代詩人的透視——關於洛夫	青溪68期	民62・2
張漢良	論洛夫後期風格的演變	中外文學2卷5期	民62・10
李　弦	洛夫〈長恨歌〉論	大地7期	民62・12
彩　羽	論洛夫的〈長恨歌〉	大地8期	民63・3
古添洪	論〈洛夫的長恨歌〉讀後	大地8期	民63・3
涂靜怡	從洛夫先生的〈魚語〉談起	秋水3期	民63・3
銀　髮	論鄭愁予、洛夫的詩	創世紀37期	民63・7
許茂昌	試析洛夫的〈裸奔〉	詩人季刊1期	民63・11
林　綠	評洛夫《魔歌》	中外文學3卷8期	民64・1
掌　杉	綜論洛夫的〈長恨歌〉	詩人季刊2期	民64・2
金　劍	論洛夫的詩	中華文藝8卷6期	民64・2

陳寧貴	剖析洛夫的三首詩	主流詩刊11期	民64・3
劉　菲	洛夫〈長恨歌〉與幾首古詩的比較	創世紀40期	民64・4
莊雅州	從〈煙之外〉談起	鵝湖3期	民64・9
周清嘯	論洛夫〈詩的境界〉	龍族詩刊15期	民64・10
張　默	從洛夫的《靈河》到《魔歌》	中華日報11版	民64・11・26・27
李秀玲	由詩集《魔歌》看洛夫的特徵	新潮31期	民65・1
辛　鬱	洛夫的〈獨飲十五行〉	青年戰士報8版	民65・3・31
管　黠	評洛夫的〈和你和我和蠟燭〉	詩人季刊5期	民65・5
羊令野	洛夫抒情詩選集《衆荷喧嘩》讀後	青年戰士報8版	民65・6・14
劉　菲	讀《衆荷喧嘩》	青年戰士報8版	民65・5
王　灝	變貌——洛夫詩情初探	詩脈季刊2期	民65・10
林　南	洛夫詩的語言試談——廣闊、繁富與細緻	中華文藝12卷2期	民65・10
黎　亮	談詩的色彩與音響	臺灣新聞報12版	民65・11・3
王　灝	一種異數的存在——洛夫詩情再探	中華文藝12卷5期	民66・1
喻麗清	《魔歌》讀後	書評書目46期	民66・2

王　原	我讀《洛夫詩論選集》	中華日報5版	民66・3・14
張春榮	洛夫詩中的色調：黑與白	中華文藝13卷4期	民66・6
李瑞騰	釋洛夫的〈巨石之變〉	中華文藝13卷6期	民66・8
楊　亭	魔歌詩人——洛夫先生專訪	中華文藝14卷5期	民67・1
張春榮	《念奴嬌》和洛夫《衆荷喧嘩》的比較	文風32期	民67・1
高　準	洛夫撰〈詩壇風雲〉	夏潮4卷2期	民67・2
蕭　蕭	洛夫寫詩緣起——洛夫專論之一	青年戰士報11版	民67・5・1
林繼生	試釋洛夫的〈魚〉	文風33期	民67・6
蕭　蕭	那麼寂靜的鼓聲——《靈河》時期的洛夫	大地文學1期	民67・10
余光中	用傷口唱歌的詩人——從〈午夜削梨〉看洛夫詩風之變	中華日報11版	民67・10・18
羅　青	洛夫的〈午夜印象〉	大華晚報7版	民68・2・11
亞　青	洛夫《一朵午荷》評介	中華日報9版	民68・8・20
羅　禾	洛夫	幼獅文藝50卷2期	民68・8
劉健君	讀洛夫〈波撼岳陽城〉	中央日報10版	民68・11・26
孫　旗	洛夫《一朵午荷》淺讀札記	中華文藝18卷3期	民68・11

張漢良	讀洛夫、楊牧的詩——新詩導讀	中華文藝18卷4期	民68・12
朱星鶴	洛夫的散文《一朵午荷》	國魂410期	民69・1
蕭　蕭	導讀——洛夫初生之黑《石室之死亡》	臺灣新聞報12版	民69・2・26
苓　芷	洛夫的心靈獨語——讀《一朵午荷》後記	書評書目82期	民69・2
林　平	我讀洛夫《一朵午荷》	愛書人135期	民69・3・1
蕭　蕭	不變的巨石——洛夫	民衆日報12版	民69・3・23
彩　羽	詩魔——洛夫	民衆日報12版	民69・3・23
楊子澗	一顆爆裂的靈魂——洛夫	中學白話詩選(書)	民69・4・15
楊昌年	風裏芙蕖自有姿——淺析洛夫散文集《一朵午荷》	幼獅文藝51卷4期	民69・4
向　陽	衆荷不再喧嘩——讀洛夫散文集《一朵午荷》	中華日報10版	民69・4・10
金　劍	評介洛夫的〈我在長城上〉	新文藝	民69・5
菩　提	淺談洛夫的詩	中華文藝	民69・9
蕭　蕭	我們的血在霧起時尚未凝結(座談記錄)	中外文學9卷8期	民70・1
金　劍	評洛夫的《時間之傷》詩集	臺灣日報	民70・7・9
張　默	我那黃銅色的皮膚——略談洛夫的《時間之	臺灣新聞報	民70・7・13

傷》

張堃　現代詩見證——淺談洛夫詩集《時間之傷》　臺灣日報　民70・8・2

葉霜　晦澀難懂的詩　星洲日報　民70・8・27

戴畏夫　欣賞現代詩的途徑　星洲日報　民70・9・3

古琴　錯誤的欣賞現代詩的途徑　星洲日報　民70・9・15

戴畏夫　狂妄之徒　星洲日報　民70・9・22

劉云　堅持對的改正　星洲日報　民70・9・26

古琴　現代詩的本質　星洲日報　民70・10・13

古琴　我的總答覆　星洲日報　民70・11・27

喬克岑　讀詩、賞詩、評詩——讀錯誤的欣賞現代詩　星洲日報

李瑞騰　喜見《魔歌》再版　詩的詮釋（書）　民71・6・10

向陽　春與秋其代序——對洛夫先生〈詩壇春秋三十年〉一文的幾點意見　陽光小集　民71・8

郭成義　貓與老虎魚和雪——對洛夫〈詩壇春秋三十年〉文中的一點反響　笠110期　民71・8

李敏勇　洛夫的語言問題　笠110期　民71・8

流沙河	舉螯的蟹—洛夫	世界日報	民71・9・29
林永昌	詩人的語言—我讀《一朵午荷》	中華日報10版	民71・11・5
周　粲	用傷口唱歌—讀洛夫的詩集《時間之傷》	聯合早報（新加坡）	1983.5.21
鄭志敏	詩人的心靈世界—讀洛夫的《一朵午荷》	中華日報	民72・10・4
落　蒂	試評《釀酒的石頭》	中華文藝27卷4期	民73・6
沙　穗	臍帶的兩端—讀洛夫的〈血的再版〉	成功時報	民73・7・8
朱星鶴	詩餘之外—簡介〈洛夫隨筆〉	新文藝	民74・12
翁光宇	洛夫—舞者	臺灣新詩（廣州）	1985.8
張立國	詩壇的礦工—洛夫	中華日報	民78・5・7
許悔之	石室內的賦格——初探《石室之死亡》兼論洛夫的「黑色時期」	文訊25期	民75・8
Most Quoted Poet—LOFU		Free China Review	1986.11
李元洛	一闋動人的鄉愁變奏曲	名作欣賞5期	1965
李正治	新詩未來開展的根源問題	文訊28期	民76・2
李元洛	想得也妙寫得也妙——讀臺灣詩人洛夫〈與李賀共飲〉	文藝天地（湖南）	1987.3.25

簡政珍	洛夫作品的意象世界	中外文學16卷1期	民76・6・1
李元洛	隔海的心祭——讀洛夫的〈水祭〉	湖南文學月刊（湖南）	1987.9
李元洛	江濤海浪楚人詩——論洛夫的詩歌創作	芙蓉雙月刊5期（湖南）	1987
張春榮	比較三首現代離別情詩——〈偶然〉、〈錯誤〉、〈煙之外〉	詩學析論（書）	民76・11
李元洛	短兵寸鐵的鋒芒——談詩人洛夫的抒情小詩	湖南文學月刊7期	1988.6
明　月	洛夫詩觀漫筆	澳門世界日報	1988.6.8
奚　密	從《靈河》到《無岸之河》——洛夫早期風格論	現代詩復刊12期	民77・7
古繼堂	第四節：洛夫	臺灣新詩發展史（書）	1989.5
李元洛	中西詩美的聯姻——洛夫詩作片論	上海復旦大學「臺港暨海外文學研討會」論文	1989.4
劉劍樺	他就是那個中國詩人——初晤洛夫印象	湖南文學3期（湖南）	1989
葉維廉	洛夫論	中外文學7・8・9期	民78・1・2
李瑞騰	試探洛夫詩中的「古典詩」	77年文學批評選（《聯合文學》七十七年十二	民78・3

月號節錄刊登）

潘亞暾	探求者的足跡——洛夫詩集《愛的辯證》賞析	世界日報	1989.10.18
潘亞暾	洛夫返鄉詩的中國情懷	新陸現代詩誌	民79．5．26
劉湛秋	洛夫返鄉詩印象	新陸現代詩誌	民79．5．26
陳樹信	洛夫風格再審視	新陸現代詩誌	民79．5．26
李瑞騰	座談會發言紀實	新陸現代詩誌	民79．5．26
孟　樊	座談會發言紀實	新陸現代詩誌	民79．5．26
龍彼德	大風起於深澤——論洛夫的詩歌藝術	創作與理論（湖南）	1991.1
費　勇	詩壇的異數——洛夫	華夏詩報（廣州）	1991.1.25
費　勇	評洛夫詩集《月光房子》	創世紀詩刊83期	1991.4
古遠清	洛夫詩三首賞析	華文文學2期	1990
周　粲	早晨是一窗雲	香港文滙報	1990.1.7
平　源	談一首現代詩——〈煙之外〉	新境界（輔大）	?
陳芳明	洛夫的〈灰燼之外〉	笠	?
陳一山	《石室之死亡》的研究	現代雜誌10期	?
羈　魂	詩魔洛夫	香港詩風詩刊	?

姚學禮	讀洛夫詩集《衆荷喧嘩》的隨想	?	1988.1.18
李元洛	能使無情盡有情——談詩人洛夫的〈寄鞋〉	?	?
楊曉萍	曲筆清心論女人——試探洛夫對女性題材的開拓	長沙水電學院社科學報四期	?
蔣　薛	楚天詩魔洛夫	衡陽文史資料第八輯	?
異史民	剔牙的兀鷹——讀洛夫的詩〈剔牙〉	新加坡聯合早報	?
劉登翰	臺灣詩人論札——洛夫論	創世紀詩刊85期	
陝曉民	洛夫論——臺灣現代詩史的一個側面	打印稿4萬字	
向　明	向古人借火——淺談洛夫的幾首用典詩	文訊雜誌31期	民80・8
江興明	一字演春秋——讀洛夫〈與衡陽賓館的蟋蟀對話〉	湖南衡陽日報副刊	1991.11.6
黃河浪	以現代精神再造傳統——讀洛夫的〈致王維〉	香港文滙報	1991.12.1
盧斯飛	春雨瀟瀟訪洛夫	廣西南寧《閱讀與寫作》月刊	1992.5
盧斯飛	他鄉生白髮，舊國有青山——洛夫〈邊界望鄉〉的賞析	廣西南寧《閱讀與寫作》月刊	1992.7

盧斯飛　獨出心裁的隱題詩——洛夫抒情短詩欣賞(五)　《閱讀與寫作》月刊　1992.11

黎活仁　宇宙樹的落葉——洛夫詩中樹、火等意象的研究　臺灣文學觀察五期　民81・9

周粲　讀洛夫的詩〈墨荷無聲〉　新加坡聯合早報〈文學人語〉　1992.5.24

劉岳兵　詩魔的禪悟——試論洛夫詩路歷程中的超現實主義　幼獅文藝月刊　民82・2

注：凡標「?」者之篇目，均無法查到確切的發表年代，僅收錄篇名。

滄海叢刊書目㈡

國學類

先秦諸子繫年	錢　　穆　著
朱子學提綱	錢　　穆　著
莊子纂箋	錢　　穆　著
論語新解	錢　　穆　著
周官之成書及其反映的文化與時代新考	金春峯　著
尙書學術(上)、(下)	李振興　著

哲學類

哲學十大問題	鄔昆如　著
哲學淺論	張　康　譯
哲學智慧的尋求	何秀煌　著
哲學的智慧與歷史的聰明	何秀煌　著
文化、哲學與方法	何秀煌　著
人性記號與文明—語言・邏輯與記號世界	何秀煌　著
邏輯與設基法	劉福增　著
知識・邏輯・科學哲學	林正弘　著
現代藝術哲學	孫　旗　譯
現代美學及其他	趙天儀　著
中國現代化的哲學省思—「傳統」與「現代」理性結合	成中英　著
不以規矩不能成方圓	劉君燦　著
恕道與大同	張起鈞　著
現代存在思想家	項退結　著
中國思想通俗講話	錢　　穆　著
中國哲學史話	吳怡、張起鈞　著
中國百位哲學家	黎建球　著
中國人的路	項退結　著
中國哲學之路	項退結　著
中國人性論	臺大哲學系主編
中國管理哲學	曾仕强　著
孔子學說探微	林義正　著
心學的現代詮釋	姜允明　著

中庸誠的哲學	吳　怡　著
中庸形上思想	高柏園　著
儒學的常與變	蔡仁厚　著
智慧的老子	張起鈞　著
老子的哲學	王邦雄　著
當代西方哲學與方法論	臺大哲學系主編
人性尊嚴的存在背景	項退結編著
理解的命運	殷　鼎　著
馬克斯・謝勒三論	阿弗德・休慈原著、江日新　譯
懷海德哲學	楊士毅　著
洛克悟性哲學	蔡信安　著
伽利略・波柏・科學說明	林正弘　著
儒家與現代中國	韋政通　著
思想的貧困	韋政通　著
近代思想史散論	龔鵬程　著
魏晉清談	唐翼明　著
中國哲學的生命和方法	吳　怡　著
孟學的現代意義	王支洪　著
孟學思想史論(卷一)	黃俊傑　著
莊老通辨	錢　穆　著
墨家哲學	蔡仁厚　著
柏拉圖三論	程石泉　著
倫理學釋論	陳　特　著
儒道論集	吳　光　著

宗教類

佛教思想發展史論	楊惠南　著
圓滿生命的實現（布施波羅密）	陳柏達　著
薝蔔林・外集	陳慧劍　著
維摩詰經今譯	陳慧劍譯註
龍樹與中觀哲學	楊惠南　著
公案禪語	吳　怡　著
禪學講話	芝峯法師譯
禪骨詩心集	巴壺天　著
中國禪宗史	關世謙　著
魏晉南北朝時期的道教	湯一介　著

佛學論著　周中一 著
當代佛教思想展望　楊惠南 著
臺灣佛教文化的新動向　江燦騰 著
釋迦牟尼與原始佛教　于凌波 著
唯識學綱要　于凌波 著

社會科學類

中華文化十二講　錢穆 著
民族與文化　錢穆 著
楚文化研究　文崇一 著
中國古文化　文崇一 著
社會、文化和知識分子　葉啓政 著
儒學傳統與文化創新　黃俊傑 著
歷史轉捩點上的反思　韋政通 著
中國人的價值觀　文崇一 著
紅樓夢與中國舊家庭　薩孟武 著
社會學與中國研究　蔡文輝 著
比較社會學　蔡文輝 著
我國社會的變遷與發展　朱岑樓主編
三十年來我國人文社會科學之回顧與展望　賴澤涵 編
社會學的滋味　蕭新煌 著
臺灣的社區權力結構　文崇一 著
臺灣居民的休閒生活　文崇一 著
臺灣的工業化與社會變遷　文崇一 著
臺灣社會的變遷與秩序(政治篇)(社會文化篇)　文崇一 著
鄉村發展的理論與實際　蔡宏進 著
臺灣的社會發展　席汝楫 著
透視大陸　政治大學新聞研究所主編
憲法論衡　荊知仁 著
周禮的政治思想　周世輔、周文湘 著
儒家政論衍義　薩孟武 著
制度化的社會邏輯　葉啓政 著
臺灣社會的人文迷思　葉啓政 著
臺灣與美國的社會問題　蔡文輝、蕭新煌主編
自由憲政與民主轉型　周陽山 著

蘇東巨變與兩岸互動	周陽山 著
教育叢談	上官業佑 著
不疑不懼	王洪鈞 著
戰後臺灣的教育與思想	黃俊傑 著

史地類

國史新論	錢 穆 著
秦漢史	錢 穆 著
秦漢史論稿	邢義田 著
宋史論集	陳學霖 著
中國人的故事	夏雨人 著
明朝酒文化	王春瑜 著
歷史圈外	朱 桂 著
當代佛門人物	陳慧劍編著
弘一大師傳	陳慧劍 著
杜魚庵學佛荒史	陳慧劍 著
蘇曼殊大師新傳	劉心皇 著
近代中國人物漫譚	王覺源 著
近代中國人物漫譚續集	王覺源 著
魯迅這個人	劉心皇 著
沈從文傳	凌 宇 著
三十年代作家論	姜 穆 著
三十年代作家論續集	姜 穆 著
當代臺灣作家論	何 欣 著
師友風義	鄭彥棻 著
見賢集	鄭彥棻 著
思齊集	鄭彥棻 著
懷聖集	鄭彥棻 著
周世輔回憶錄	周世輔 著
三生有幸	吳相湘 著
孤兒心影錄	張國柱 著
我這半生	毛振翔 著
我是依然苦鬥人	毛振翔 著
八十憶雙親、師友雜憶(合刊)	錢 穆 著

語文類

訓詁通論	吳孟復	著
入聲字箋論	陳慧劍	著
翻譯偶語	黃文範	著
翻譯新語	黃文範	著
中文排列方式析論	司琦	著
杜詩品評	楊慧傑	著
詩中的李白	楊慧傑	著
寒山子研究	陳慧劍	著
司空圖新論	王潤華	著
詩情與幽境——唐代文人的園林生活	侯迺慧	著
歐陽修詩本義研究	裴普賢	著
品詩吟詩	邱燮友	著
談詩錄	方祖桑	著
情趣詩話	楊光治	著
歌鼓湘靈——楚詩詞藝術欣賞	李元洛	著
中國文學鑑賞舉隅	黃慶萱、許家鶯	著
中國文學縱橫論	黃維樑	著
漢賦史論	簡宗梧	著
古典今論	唐翼明	著
亭林詩考索	潘重規	著
浮士德研究	李辰冬	譯
蘇忍尼辛選集	劉安雲	譯
文學欣賞的靈魂	劉述先	著
小說創作論	羅盤	著
借鏡與類比	何冠驥	著
情愛與文學	周伯乃	著
鏡花水月	陳國球	著
文學因緣	鄭樹森	著
解構批評論集	廖炳惠	著
世界短篇文學名著欣賞	蕭傳文	著
細讀現代小說	張素貞	著
續讀現代小說	張素貞	著
現代詩學	蕭蕭	著
詩美學	李元洛	著

詩人之燈——詩的欣賞與評論	羅　青著
詩學析論	張春榮著
修辭散步	張春榮著
橫看成嶺側成峯	文曉村著
大陸文藝新探	周玉山著
大陸文藝論衡	周玉山著
大陸當代文學掃描	葉穉英著
走出傷痕——大陸新時期小說探論	張子樟著
大陸新時期小說論	張　放著
兒童文學	葉詠琍著
兒童成長與文學	葉詠琍著
累廬聲氣集	姜超嶽著
林下生涯	姜超嶽著
青　春	葉蟬貞著
牧場的情思	張媛媛著
萍踪憶語	賴景瑚著
現實的探索	陳銘磻編
一縷新綠	柴　扉著
金排附	鍾延豪著
放　鷹	吳錦發著
黃巢殺人八百萬	宋澤萊著
泥土的香味	彭瑞金著
燈下燈	蕭　蕭著
陽關千唱	陳　煌著
種籽	向　陽著
無緣廟	陳艷秋著
鄉　事	林清玄著
余忠雄的春天	鍾鐵民著
吳煦斌小說集	吳煦斌著
卡薩爾斯之琴	葉石濤著
青囊夜燈	許振江著
我永遠年輕	唐文標著
思想起	陌上塵著
心酸記	李　喬著
孤獨園	林蒼鬱著
離　訣	林蒼鬱著

托塔少年	林文欽 編
北美情逅	卜貴美 著
日本歷史之旅	李希聖 著
孤寂中的廻響	洛　夫 著
火天使	趙衛民 著
無塵的鏡子	張　默 著
關心茶——中國哲學的心	吳　怡 著
放眼天下	陳新雄 著
生活健康	卜鍾元 著
文化的春天	王保雲 著
思光詩選	勞思光 著
靜思手札	黑　野 著
狡兔歲月	黃和英 著
老樹春深更著花	畢　璞 著
列寧格勒十日記	潘重規 著
文學與歷史——胡秋原選集第一卷	胡秋原 著
忘機隨筆——卷三・卷四	王覺源 著
晚學齋文集	黃錦鋐 著
古代文學探驪集	郭　丹 著
山水的約定	葉維廉 著
在天願作比翼鳥——歷代文人愛情詩詞曲三百首	李元洛 輯注

美術類

音樂與我	趙　琴 著
爐邊閒話	李抱忱 著
琴臺碎語	黃友棣 著
音樂隨筆	趙　琴 著
樂林蓽露	黃友棣 著
樂谷鳴泉	黃友棣 著
樂韻飄香	黃友棣 著
弘一大師歌曲集	錢仁康 著
立體造型基本設計	張長傑 著
工藝材料	李鈞棫 著
裝飾工藝	張長傑 著

人體工學與安全	劉其偉 著
現代工藝概論	張長傑 著
藤竹工	張長傑 著
石膏工藝	李鈞棫 著
色彩基礎	何耀宗 著
當代藝術采風	王保雲 著
都市計劃概論	王紀鯤 著
建築設計方法	陳政雄 著
建築鋼屋架結構設計	王萬雄 著
古典與象徵的界限——象徵主義畫家莫侯及其詩人寓意畫	李明明 著

滄海美術叢書

五月與東方——中國美術現代化運動在戰後臺灣之發展(1945~1970)	蕭瓊瑞 著
中國繪畫思想史	高木森 著
藝術史學的基礎	曾堉、葉劉天增 譯
唐畫詩中看	王伯敏 著